さよならヘヴン

榊 花月

幻冬舎ルチル文庫

CONTENTS ✦目次✦

さよならヘヴン ✦イラスト・紺野キタ

さよならヘヴン……3
ONCE A DAY……245
あとがき……254

✦カバーデザイン＝小菅ひとみ（CoCo.Design）
✦ブックデザイン＝まるか工房

さよならヘヴン

向かいのドアが開く気配がした。笹尾実景《ささおみかげ》は、膝に埋めていた顔をぴくりと動かした。

次いで、実景の部屋のドアが軽くノックされる。

「ミカー、あたし出るから。カラオケ。お母さんは美容院。ヘアダイするから遅くなるって。ちゃんと留守番してるのよ、あんたには他に使い道もないんだから。ああ、あんたまだ朝ごはんも食べてないの？　お味噌汁あったためとくから、自分でよそってね」

よしのはぱきぱきとしたいつもの早口で言い、玄関のほうへ行ったようだ。靴を履《は》く気配の後、ばたんとドアが閉まった。カチャリ。よしのは自分で鍵をかけたらしい。

家の中になんの物音もしなくなったのを確かめてから、実景はそっと自室のドアを開いた。誰もいない廊下。ワックスをかけたばかりのフローリングの床がぴかぴかしている。

素足にスリッパもはかず、そのままリビングに行った。ダイニングのテーブルに、一人分の朝食が残されている。姉が言った通り、コンロに鍋がかけてあった。蓋《ふた》をとる。豆腐と油揚げ。実景の好きな具だ。

温めた味噌汁と、ジャーからよそった白飯を並べ、実景はテーブルについた。

いただきます。

声には出さず、心の中で言ってから、箸《はし》をとる。

遅い朝食をもそもそかき込みながら、端のほうに置かれた新聞に目をやった。土曜日。今日は休みか——母親と姉が、家にいるわけだ。

早く食べてしまおうとして、味噌汁にむせた。テーブルに油揚げとご飯が散乱する。ふきんでテーブルを拭き、実景はそれを丁寧にすすいだ。とりあえず家を汚さないこと——そのくらいならできる。

他に使い道がないんだから。

よしのに言われなくとも、自分の存在の無為さはよく判っている。

鮭の切り身が三分の一ほど残っていたが、実景は食事をやめた。食器を洗い、棚にしまって、自らの痕跡を消す。

コップに一杯の水を汲《く》んで、実景はリビングを出た。

部屋に戻る。机に置いた紙袋から薬を取り出し、一つずつ口に含む。

錠剤を四種類、いつものように水で流し込んだ。

外はずいぶんいい天気だ。カーテンを閉めていても、それがよく判る。柔らかな春の陽射しが、窓とカーテンの隙間から洩れてくる。

こんな日に、家に閉じこもっている奴は莫迦《ばか》だ。

自分でも思うが、どうするでもなく、そのまま床にうずくまった。リモコンを取り、MDプレイヤーをオンにする。聴き馴れたイントロが、スピーカーから流れ出す。

エデンの声だけが、自分を癒《いや》す。

実景は目を閉じ、音の海に身を投じた。そのメロディが声が耳に響いて耳に焼きついて、他のことはいっさい考えられなくなるまで、目を閉じたままいる。やがて薬が効いて来て、頭がぼうっとして眠くなる。そうしたら、なにも考えないですむ。

ベッドと机とテレビとMDコンポ。棚におさまりきらない本。

質素な部屋には、必要なものしかない。必要なもの以外を排除した部屋。

その中心で、実景は丸くなって眠った。


今年十八歳になった実景が、学校に行かなくなったのは、中学一年生の時。原因はいじめ。よくある話だ。

平凡ではあるが、当事者にとってはそれどころではない。クラスの連中に無視される。教科書やノートを汚される。机の中にカエルの死骸。机の上には落書き。「クソ」「死ね」「キモいんだよ！」――マジックインキで表面が見えなくなるまで重ねられた悪罵《あくば》は、中性洗剤を使ってもなかなか落ちなかった。

なぜ、無視されたりキモいと蔑《さげす》まれたり、時に腹に蹴《け》りを入れられたり――首から上はヤバいといじめのリーダーが指示したので、暴行を受けるのは主に腹だった――しなければならないのか。

陰気、のろま、ぼーっとしている。とにかくクラい。キモい。むかつく。

主な理由はその辺りらしかった。ぼーっとしているのは直せるかもしれないが、あとは自分ではどうにもできないことばかりである。口べたで他人と話すのが苦手なのは、子どもの頃からだ。もっと稚《おさな》かった頃にはただ「おとなしい子」というだけで、普通に受け入れられていたのに、中学に入ってからそれが赦《ゆる》されなくなった。

いじめを受けていることを、実景は家族にはひた隠しにしていた。父親は実景が小学校五年生の時に病死した。母親が働いて、一家の生計を立てている。姉はまだ大学生。

そんな環境で、これ以上母親に負担をかけたくなかったのだ。

しかし、いじめは激烈で、実景は次第に学校に行かなくなった。授業のある時間帯を図書館でつぶし、行ったふりをして帰宅する。母親は忙しかったし、実景の異変に気づかなかった。

しかし、ずる休みがとうとうばれて、学校から電話がかかってきた。母親からきつく叱られて、実景は泣きながら腹を見せた。蹴られ続けた脇腹は、どす黒いあざに蔽《おお》われていた。

学校には行かなくてもいいことになった。

よしのは、

「救《たす》けてくれる子もいないなんて、あんた友達いないの？」

などと不満そうだったが、「いない」と実景が答えると黙ってしまった。低学年の頃はそれほどでもなかったが、父親が病の床《とこ》についてから、だんだん友人とつきあうのが辛くなっていった。クラスの中で、父親がいないのは実景だけだった。

いろいろなことが複雑に絡まりあって、実景の中を少しずつ毀《こわ》して行ったのだろう。よしのは「あんた弱すぎる」と言うが、閉じこもることよりほかに安らぐ時のない弟のことも、よく判っているのだろう。それ以来、学校にも行かず働くでもなく、一日のほとんどを自室にこもって過ごしている実景を、そのこと自体で詰《なじ》ったことはない。

それから五年の月日が流れ、実景は外出さえめったにしなくなった。父親の蔵書を受け継ぎ、本を読むか音楽を聴くか、テレビを見てひがな一日を過ごす。CS放送にかじりつき、気に入ったアーティストのCDをよしのに買ってきてもらい、それを聴いた。

単調でなにもない日々を淡々と消化する。気づけば高校にも行かなかった。同級生たちはこの春、高校を出て大学生になったり、就職しているのだろう。

関係ない。興味もない。喋《しゃべ》ったこともない、そんな連中のことなど。

時々は、もし自分が普通に学校に行っていたらと考える。友達もいて、毎日愉《たの》しくて、学校の帰りにファストフードやカラオケに行って……関東の片田舎の町に、それほどのアミューズメントがあるわけではないけれど、たまには東京にだって出かけたかもしれない。稚い頃に何回か訪れたことのある大都会は、それ自体が巨大なテーマパークであるかのように実景の目に映った。あまり好きではない所だが、たまに行くぐらいなら——友達と一緒なら——だいじょうぶかもしれない。

夢はそこで醒《さ》める。自分に「友達」などいないし、東京に行くには電車に乗らなければならないし、電車には人間がひしめき合っている。実景がなにより恐れている「他人」の洪水だ。

だから、実景は外に出ない。

家から出てしまえば、もうそこは他人があたりまえに存在する世界だ。そのことで文句を言ったり、拒否することはできないから、最初から出ないでいるのがいい。

こんな自分は、社会的に見れば敗者なのだろう。いじめに負けたということは、他者に負けたということで、他者によって構成される社会にも敗れたわけである。

そのことを悔しいと思うには、実景はまだ子どもすぎた。

みっともない、情けないとは思わないでもないが……母親や姉のように、他人の中で働くなど到底できそうにない。

そして、こんな自分を、社会がどう呼ぶのかということも知っている。

——穀《ごく》つぶし。


「ただいまー。ミカー、お土産買って来たわよお」

よしのが帰ってきた。カラオケ屋でサワーでも飲んだのか、機嫌がいい。

「『玉出屋《たまでや》』の大判焼——ここに置いとくね」

ドアの外で気配がして、よしのが自分の部屋のドアを開く。

閉まる音を聞いてから、実景はそろりとドアを開いた。

と——。

「ばーか。置いとくわけなんかないじゃん」

ドアの前で、よしのが不敵に笑っている。

手にした紙袋を目の高さまで持ち上げ、ふってみせた。

「顔出したんだから、身体も出しなよね。お茶淹《い》れてよ。一緒に食べよう」

有無を言わせぬ調子でつけつけと言うと、リビングのほうに向かう。香ばしい匂いが廊下に残った。

仕方なく、実景は姉に従った。

棚から急須《きゅうす》と、茶葉を取り出した。電気ポットの湯を急須に注ぎ、自分と姉の湯のみをテーブルに置く。皿には既に大判焼が並べられて湯気を上げている。よしのは膝を立てて椅子に坐り、夕刊を読んでいたが、お茶の用意ができたのを見ると新聞をたたんで湯のみに手を伸ばした。

「あっち、あちち……この湯のみ、嫌ーい」

文句を言いつつもずるずる啜《すす》り、大判焼を二つに割った。

「……」

実景も同じように茶を啜り──実景の湯のみはそれほど断熱性が悪くない──大判焼を取る。

一口齧《かじ》ると、白あんだった。ややがっかりしつつ咀嚼《そしゃく》していると、

「ミカ、白だった？　あたしつぶあん。半分こしようよ」

よしのが半分を手にして提案した。

「うん」

実景は、齧っていないほうから半分に割り、皿に置く。

「あー太るー」

豪快に大判焼を片付けながら嘆く姉を、だったら食べなきゃいいじゃんかと思いながら眺めた。

「あ、あんた今『だったら食うなよ』とか思ったでしょ」

よしのが鋭く感づき、じろりとこちらを睨《にら》む。

「べっ、べつに、そんなこと……」

「でもなー、けっこうストレスたまるんだよなー。OLやるのもしんどいんでやんす……甘いもんぐらい好きなように食わせろ、っちゅうねん」

「……。姉ちゃん、飲んでる？」

水を飲ませたほうがいいのだろうか。

「ちょっとね。でも酔っ払ってないからね」

「そ、そう」

「お母さんに言っちゃだめよ？」

「言わないよ……カラオケ、愉しかった？」

話を変えると、よしのは最後の一切れを口に押し込んで、

「おっじおん」

「もちろん」と言ったらしい。

「愉しいよー、いつもの冴えないジモティーズとだけどね。会社のカラオケじゃ歌えないような曲、ばんばん歌ってきたよ。あんたの好きな、ほら、エデン」

実景はよしのを見た。肩まで届く茶色がかった髪、細い眉。休日なのでTシャツにジーパ

ンだが、会社に行く時は八センチヒールを装備する足先に、唇と同じ色のペディキュアが施《ほどこ》されている。

「トモコが歌ってたよ。いい曲だねー……『砂の星』？」

「……。そんなの入ってるんだ……」

「入ってる、入ってる、もうなーんでも入ってるからね、近頃は。でも、あんた以外でエデン聴いてる人間見たの、これで二人め」

「二人？　二人もいるの？　あとの一人は誰？」

「会社の奴……ヘンな奴だよ。エデン好きって聞いて納得しちゃった。でも、トモコもとはねー。あいつひそかにクラいんだろうか……」

　ということは、実景もその「会社の奴」もクラい人間だと認定されたわけか。自分は当たっているが、その人はどんな人なのだろう。

「カラオケ、小さい時に一回家族で行ったよね。お父さんがまだ元気だった頃。あんた歌うの好きじゃない？　たまには行ってみてもいいのに」

　そんなの一人じゃしょうがない、と返そうとするのを遮《さえぎ》って、

「一人カラオケって、けっこう愉しいみたいよ？　トモコなんか休みの日は必ず行くんだって。二時間ぐらい歌ったら、ストレス解消するって」

「……」

「――ま、無理にとは言わないけどね」

実景の無反応を見て、よしのは呆れたように肩を竦《すく》めた。

実景がこうなって以来、母親は仕方がないと観念したらしいが、よしののほうはまだあきらめず、時に実景をどうにか外に出そうと手段を講じてくる。

そんなことをされても、外に出ることは怖いので、実景は頑《かたく》なにそれを拒む。

責めてはいけないと母親から言い渡されるせいでか、よしのが怒ることはないが、内心苛立っているのが判る。よしのははっきりとした性格で、ずけずけとものを言う。言っていることは正論なのだが、弱者への理解に欠ける。さっぱりしているので長引かないが、怒らせると怖い。

「なんか辛いもの食べたくなってきちゃった。あ、ポテチがある。ラッキー」

さっき「太るー」と嘆いたばかりなのも忘れたか、よしのは戸棚を引っ掻き回しておやつを確保している。

「俺、部屋に戻るから……」

早速袋をあけ、ぱりぱりとポテトチップスを嚙んでいる姉に、実景は声をかけた。

「なんだ、もう食べないの？　夜、カレーでいい？」

よしのが夕食当番になった時は、いつもカレーである。会社帰りで煮込む時間がない時には、レトルトのカレーである。なぜそこまでカレーにこだわるのかは知らない。

「うん……ごちそうさま」

湯のみを手に実景は部屋に戻った。


朝、慌《あわただ》しく食事を摂《と》り、七時半によしのが、八時に母親が会社へ向かった後、実景はようやく眠りにつく。食事だけは家族と共にするようにと言い渡されているため、六時半には起きていなければならない。母親と姉の会話を聞きながら食べ終え、後片付けをした後、部屋に寝《やす》みに行く。

昼夜が逆転してしまったのは、いつからだっただろう。気づいたら、一晩中起きているようになった。なにをするでもない。ヘッドホンをかぶってベッドの中で、ひたすら目を凝《こ》らす。見たいわけでもない深夜番組をいつまでも見ている。テレビの灯りだけで本を読む。この五年間で、二・〇だった視力は急激に落ちた。

そうまでして、自分がなにを得たいのか、なにを得るのか実景には判らない。ただ起きている。意味もなく。頑なに。夜に眠るのを恐れるかのように。

朝食を終え、部屋に戻って薬を飲む。ベッドに入って待っていると、八時少し前に、ドアがノックされた。

「ミカ、お母さん仕事に行くからね」

母親である寛子《ひろこ》の声が言う。

「――うん」

毛布をかぶりながら、くぐもった声を返したが、

「うん、じゃない。出てきなさい。顔を見せて」

言われて実景は、しぶしぶベッドから出た。

ドアを細めに開く。母親の化粧した顔。香水の匂いが隙間から部屋に忍び込む。

「今日は、クリニックの日でしょ？　ちゃんと行くのよ？」

よしのと同じ、細い眉を下げて、寛子は優しく話しかける。化粧をすると、母親と姉はよく似た顔になる。実景は二人には似ていない。亡くなった父に似ていると誰もが言う。

父親は、けれどどこんなにだらしなく弱い性格ではなかった。雄雄《おお》しく病に立ち向かい、抗ガン剤投与で髪の抜けた頭を、「さっぱりしたな」と笑って撫《な》でるような男だった。

誰に似たのかしらね、と、時々姉と母親が話しているのを聞く。誰にもきっと似ていない。情けなくふがいないのは自分オリジナルであり、受け継がれたものではない――そう信じたい。

そのせいで二人しかいない家族に多大な迷惑をかけ、だからといって家事を受け持つでもなく一日のほとんどを自室で過ごす。世界はこの家で、この部屋は小さな王国だ。誰も入れない、自分だけの国。ここでなら、人に嗤《わら》われなくてすむ。いじめられなくてすむ。安全で

ぽかぽかして、暴力をふるわれることなくいつまでも安心して生きていける。六畳の天国。

判っている。そんなのは現実逃避に他ならないと。

知っているから、厭《いや》になる。こんな生活と自分自身。

「……うん」

クリニックと言われて実景は頷《うなず》いた。

「ちゃんと行くのよ？」

念を押して、寛子は出て行った。

一人。

ほっとして、実景は廊下に出た。キッチンでコーヒーを淹れる。これから寝るというのに、呆れるほど大量のコーヒー粉をマグカップに投入する。インスタントのせいか、目が冴えることはない。むしろ、コーヒーで気持ちよい眠りにつくことができる。効果は人それぞれだ。

リビングに香ばしい匂いが広がり、実景はその源を抱えて部屋に戻った。ベッドに腰かけてコーヒーを飲む。ひと時の幸せは、母親から言われた言葉を思い出したことにより簡単に毀れる。

クリニック。

また今月も、この日がやってきた。月に一度、「外」と接しなければならない苦痛の日。

学校に行かなくなった実景を引きずって、母親と姉が向かった先は駅前にある雑居ビルだった。その五階に入っている、メンタルクリニック。

若い医師は、母親たちが競い合うように語る「ここにいたるまでのストーリー」を聞き終えると、二人を診察室から出して実景と向き合った。

大したことは話さなかった。目がぎらついているが眠っているのかと問われ、実景はここ最近まともに寝ていないことを思い出した。医師の坂井《さかい》は、実景の学校に行かないという意思を確認した後、絵を描かせる。木を描いてごらんと言われた。描くと、今度は人間を描けと言う。

どんな結果が出たのかは知らない。睡眠障害があるようだということで睡眠剤を投与された。そして月に一回カウンセリングに来るよう言い渡された。母親と姉のほうが真剣な面持ちで頷いていた。

学校どころか近所のコンビニにも行かない実景が、そんなわけで唯一外に出る、出なければならない理由がそれだ。時々、母親と姉を呪いたくなる。しかし、呪いたいのは家族のほうだろう。それも判るから、実景はカウンセリングをさぼったことはない。どうにかして実景にふたたび外の世界を与えたい彼女たちの、最後のよりどころがクリニックと、坂井環《たまき》という精神科医なのだ。

行かないわけにはいかない。実景はため息をついて、アラームを一時にセットした。

まだ学校に行っていた頃、父も倒れず、いじめにもあっていなかった短い幸福な時代、一番好きな科目は音楽だった。

父親の趣味がクラシック鑑賞で、母親も姉も音楽好きという環境で、実景は稚い頃から音楽に馴れ親しんできた。

よしのがピアノを習っていて、レッスンしているのを飽かずに聴いていた。門前の小僧というやつで、譜面《ふめん》も読めるようになった。小学校の低学年では、それほど高度な歌や演奏を教わってはいないせいもあって、実景の実力は抜きん出ていた。

ハーモニカもオルガンも人並み以上に演奏できるし、歌うのも好きだったから、音楽のテストで困ることはなかった。成績は六年間ずっと五。

……あの頃はよかった。

ヘッドホンを装着し、エデンの最新盤をエンドレスで響かせながら、実景はひさびさにマンションの外に出た。

駐輪場から自転車を引っ張り出す。紺色の、よくあるママチャリ。寛子もよしのも車を運転するので、家族用の自転車はほとんど実景一人で乗っている。

エントランスを抜けると、すぐ前が国道になっている。二車線しかなく、土日は大渋滞がデフォルトの道路。日本一狭い国道と呼ばれ、歩いて三〇分ほどの駅まで、車だと一時間経ってもまだ着かないということも珍しくないらしい。自転車で移動する実景には、関係のない話だ。小学生の頃、渋滞にはまって立ち往生している車の群れを、すいすい走り抜けていくのは気持ちがよかった。

クリニックまで歩けないことはないが、その間人とすれ違ったり、呼び止められたりするのが怖い。車道を自転車で走る実景に、寛子は「危ないからよしなさい」と注意する。しかし、通行人に気をつかいながら歩道を行くことを思えばなんでもない。

クリニックの入っているビルは七階まである冴えない建物だ。「耳ツボマッサージ」だの「インドヨガ」だのと、中で何をやっているのだか判らない、得体の知れない看板が掲げられている。

一台しかないエレベーターで、五階に上がった。待合室はいつも混んでいる。予約の時間通りに呼ばれたことがない。二時の予約で、帰りはだいたい五時半ごろになる。

診察券を出すと、実景は空いた椅子に坐って持って来た文庫本を開いた。ヘッドホンを外す。さすがに音を遮断《しゃだん》してしまっては呼ばれた時に困る。MDウォークマンの電源を切った。隣に坐っていた老婆が、けふんと一つ咳《せき》をした。

不思議なことに、クリニックのこの待合室だけは、他人で溢《あふ》れ返っていようとも、実景は怖いと感じない。おそらく、ここにいる誰もが実景と同じか、もっとひどい症状に悩まされていることが判っているからなのだろう。生きていく辛さに神経を疲弊《ひへい》させ、藁にも縋《すが》るような思いでドアを叩くのだ。

想像にすぎないが、ここだけは「外」とはいっても「中」とあまり変わらないと実景は感じている。それに、本に集中すれば、周りのことは比較的気にならなくなる。

読み始めたばかりの、少し難解な小説だったが、実景はじきにその世界に引きずり込まれた。わくわくしながら頁を繰《く》っていると、

「笹尾さん」

呼ばれた。実景は本をリュックにしまい、立ち上がった。

坂井環――五年来の実景の主治医――は、いつものように穏やかで冷静な眼差しで実景を迎えた。

「さて、どうだったでしょうか」

一ヶ月間の様子を尋《たず》ねられる。

「――特には、なにも……」

家の中にこもっているのだから、なにも特別なことが起きるわけなどない。

「いつもと同じ、ですか」

坂井は口許に薄い微笑を浮かべて言う。顔立ちの整った、知的な風貌《ふうぼう》。五年前はまだ二十代だったが、この頃少し貫禄《かんろく》が備わってきたようだ。

「外には？」

「……こないだ来てからは……」

「あい変わらずですか。電話や、メールなどは？」

「いえ……あのう」

実景は上目に坂井を窺った。

「それ、いつも先生は訊くけど、俺には友達もいないし、電話かかってくることもメールがくるのもありえないですから」

「なぜ？　小学校までは行ったんでしょう？　そこで、誰とも口をききませんでしたか？　一緒に遊びませんでしたか？」

「……」

だからって、小学校の頃の同級生が今さらのように電話をかけてくるわけもないではないか。実景は思うが、坂井は遺憾《いかん》に堪えないといった顔で、

「残念ですね」

呟く。

「……外に出ないから人とも知り合わないし、ほんと、コミュニケーションとるなんて絶対ないです。自分から連絡する気もないです」

いつも坂井に言われることを先回りしたが、

「お母さんとお姉さんは？」

と返された。

「交流がありませんか？　口もきいていませんか？」

「……」

「だいじょうぶみたいですね。けっこうです」

「はあ……」

唆《そその》かすような笑みを浮かべる坂井に、いつもながら実景は丸め込まれてしまった形だ。礼をして、診察室を後にする。

これを、毎月一度、ほぼ五年間ずっと繰り返しているのだった。

実景は自分のことを、「ひきこもり」だと思っている。外にも出ず人にも会わず、ほぼ毎日を部屋の中で過ごす。そんな暮らしを何年も続けて、それでもなんとも思わない。それはやっぱり異常だろう。

しかし坂井は、実景は「ひきこもり」ではない、と言う。

『ひきこもりということは、精神的にも肉体的にも、一切の人間関係を絶つということです。これが社会的ひきこもり。あなたの場合は、お母さんやお姉さんとのコミュニケーションがとれているし、外に出ないのは、単なる出不精。物理的にひきこもっているにすぎません』

坂井は本物を見ているらしい。ひきこもりのスペシャリストとして名高い坂井のもとには、全国から患者が集まる――。

――集まる、ということは家からここまで出てきているわけで、その時点で彼らも「ひきこもり」とは言えないのではないだろうか。

屁理屈をこねてみても、別になんの得にもならないが。

冷んやりとした思いを抱えて、実景はクリニックを出た。

今日も五時を過ぎてしまった。ということは、街中には下校途中の学生たちが溢れ出している。実景の嫌いな、若者たちの活気が街を沸かせている時間帯である。

なるたけ人通りの少ない路を選んで、実景は自転車を漕《こ》いだ。せっかく出てきたのだから、本屋やCDショップを覗いてみようか――と思うのも診察前のことだけで、診察後にはこうして、逃げるように自転車を走らせるのが常だ。いい季節になっていて、その気になれば五月の柔らかな風や、芽吹いた木々の枝などを見ることができるのに、実景はいっさんに駆け戻ってゆく。自分の城、自分だけの楽園である、マンションの一室へ。

夜の底に、けたたましいチャイムの音が響いた。続けざまに、二度、三度。

ちょうど曲と曲の継ぎ目のところで、ヘッドホンをかぶっていても実景はその音に気づいてしまう。

土曜日。母親は東京へ行っている。同僚の結婚式で、今夜は遅くなるらしい。

ということは、この時間に、阿呆みたいに何度もチャイムを鳴らしているのはよしのである。この鳴らし方からして、酔っているのだろう。そういえば、今日は会社の仲間たちと屋《や》形船《かたぶね》で釣りだ、と言っていた。

やれやれと、実景は立ち上がった。

ドアチェーンを外し、ロックをオフにすると、なだれ込むようにして黒いセーターとブラックジーンズの身体が倒れてくる。

「姉ちゃん、なにやって……あ――」

実景は茫然とその場に立ち尽くした。

崩折れるよしのを支えるようにして、見知らぬ男が後ろから現れた。

紺のパーカーに、ジーパンという軽装で、上の部分だけ黒縁になった眼鏡をかけた背の高い男だった。

「たでまー、いっひ……お姉さまのお帰りですよー……ふふう」

よしのは男の腕から離れだらしなく三和土《たたき》に坐り込んだ。海老の殻《から》でも剝《む》くように、乱暴にショートブーツを足からひっ剝がし、ぽいと後ろに棄てる。

実景はただどうしていいのか判らず、突っ立っていた。知らない人間が家に……突然出現した「外」の世界に、心臓は竦《すく》みやたらと心拍数を上げている。

「あー……水」

三和土に寝そべるような恰好で身体を伸ばしたよしのが、右手を宙に泳がせる。

この場から逃れられるなら、なんでもいい――実景はキッチンへ飛んで行って、ペットボトルの水をグラスに注いだ。

知らない人だ。知らない人だ。

どうしよう、と頭はそればかり考えている。母親でも姉でもない生き物に、自分はどう対《たい》峙《じ》すればいいのか。

いや向き合いたくなんかない。できれば、よしのを置いてさっさと帰って欲しい。あんな醜態を晒す酔っ払いに、男のほうだって関わりあいたくないに決まっているから、だから。

忙《せわ》しなく思考を巡らせていたせいで、復路はのろのろとしたものになる。

玄関へ戻ると、男はやはりそこにいた。よしのの傍《そば》にしゃがんで、背中をさすっている。

実景はぎょっとして、三和土の惨状を眺めた。

こんなところで吐くまで飲むなよ、姉ちゃん。

よく見ると、男のパーカーの胸あたりにも、飛沫《しぶき》が散っていた。

「すっ、すいません。今拭くものを――」

引き返しかけた実景の足首を、よしのが摑み、実景はひっと声を上げてつんのめる。

間一髪のところで踏ん張って、体勢を立て直した。

ごく自然な動作で、立ち直った実景の手から男がグラスをとった。

「うー気持ちわりー……」

礼も言わずによしのは、ぐぴぐぴと水を呷《あお》る。

「もう一杯！」

突き出されたグラスに、もう本当にかんべんしてよ頼むから、と心の中で呟く。

ペットボトルごと水と、濡らしたタオルを持って戻った。

よしのは上がり框《かまち》に上体を倒し、「ううー」と呻いている。その横で、男はやっぱり律儀《りちぎ》に背中をさすっている。

「……ありがとう」

実景が黙ってタオルを差し出すと、受け取ってはにかんだように笑った。

どきりとして、実景はその口許を見つめる。なにか温かいものに触れたような気がした。が、綻《ほころ》んだのは一瞬で、男はすぐにまた困り顔になる。

「だいじょうぶですか、笹尾さん」

背中をさすりながら、よしのの顔を覗き込む。その下方五〇センチのところによしのが吐いたものが饐《す》えた臭いを放っているが、気にしているようではない。

これは……。

動揺がおさまるにつれて、実景の中に疑惑と憶測が生じる。

よしのの……男？

そんな気配など一ミリも感じさせたことはないが、よしのも二十四歳、花のＯＬである。身びいきを差し引いて考えても美人の部類だし、勝気にすぎるところがあるとはいえ性格もいい。

そりゃ、彼氏の一人や二人ぐらい……そう思って、実景はあらためて男を見た。

気づかなかったが、なかなか整った顔立ちの男前である。見たとたん気づくというタイプの男前ではないが。背も高いし、こうして酔いつぶれたよしのを送ってきてくれるぐらいの誠意もあるらしい。

あまりにじろじろ見回していたのだろうか。男がふと顔を上げ、物問いたげに首を傾《かし》げる。

「会社の……？」

周章《あわ》てるあまり、主語もなにもすっ飛ばしてしまう。

だがそれで通じたか、男はああ、と頷いた。立ち上がる。

「笹尾さんと同じ課におります、藍川《あいかわ》と申します」

こんな場面で、まるで営業真っ只中のサラリーマンみたいな四角四面の自己紹介。

「あ……弟の実景です……」

「……」

「……」

実景はともかく、藍川もあまり弁の立つタイプではないらしい。無意味な沈黙の後、実景

はようやく思い出し、

「——姉とは……」

核心部分に触れた。

「同僚、ただの同僚！」

突然よしのが面《おもて》を上げて言う。ぐびりと水を飲み、ふらふらと立ち上がった。

「姉ちゃん」

「笹尾さん」

手を貸そうとする男二人を遮って、よしのは、

「だーいじょうぶ、だいじょうぶ。あたしは酔ってなどおりません！　……っと」

左側のドアの向こうに消えて行く。

「ご、ごめんなさい。姉ちゃ、姉は、ふだんはお酒を飲んでもあんなになることはなくて……いや、外ではどうだか、でもたぶん——」

他人の前でこんなに長く喋ったのは何年ぶりだろうと思いながら、実景はその場を取り繕《つくろ》おうとした。

「あ、判ってますから」

藍川は手のひらを実景に向ける。

「笹尾さん、今日は調子悪そうだったから……」

微笑を浮かべる。

やはり、温かいと思った。少し照れたような笑顔。

実景はいっとき言葉を喪《うしな》ったが、藍川はすぐに真顔に戻ると、

「じゃ、俺はこれで」

くるりと踵《きびす》を返す。

「あ、あ――の……」

上がってお茶でも、と言わなければならなかったことに、藍川がエレベーターに乗り込んだぐらいのタイミングで気づいた。

「……」

なんで自分は、こう気がきかないのだろう。これが母の客かなんかで、応待したのが外面《そとづら》のいいよしのなら、藍川は今二杯めの茶に口をつけているところだ。

自己嫌悪を背負って、よしの部屋をノックする。

「姉ちゃん、藍川さん帰っちゃ――」

言おうとして、実景は言葉をなくした。

ベッドに腹ばいになって、よしのは泣いていた。電気をつけなくても、泣いていることが判る泣き方だ。廊下からの灯りにぼうっと照らされた肩が震えている。

姉が泣くのを見るなんて、父親が亡くなった時以来だ。それも、病院にいる時からピーピ

―泣き通しだった実景とは違い、出棺《しゅっかん》の際に一瞬だけ見せた涙である。

その冷静で勝気なよしのが、無防備に泣いている。

実景はそっと、ドアを閉めた。事情は判らないながら、服を洗えとか玄関の始末をしろとか言えないことだけはたしかだ。

三和土を水で洗い流した後、実景も自室に戻った。

CDは既に二巡めに入っている。

それ以上聴く気にもなれず、実景は電源をオフにした。

ベッドに潜り込む。目を閉じると、よしのの泣く姿が、目裏《まなうら》に浮かんできて困った。

払いのけると、藍川の優しい眼差しに代わる。なんということもないけれど、よさそうな人だな、と思った。よしのが強調したように「ただの同僚！」に過ぎないにしても、あの人なら姉を泣かせるようなことはきっとしない。いや、泣いている理由が藍川にないとも現時点では言い切れないけれど、でもきっと、あの人は人を泣かせるような人ではない。

なんでそんなことが判る？　一回会っただけの人のこと。小学校では親切だったクラスメイトが、中学に行ったとたん、手のひらを返したように実景を無視した。そんな奴だとは思わなかったのに……という例などいくらでもある。

「外」は頭から疑ってかかると決めているのに、不思議なくらい藍川に対して無防備な自分の心が苛立たしい。藍川の面影を、急いで脳内から消し去った。

すると、今までにあったいやなできごと——父の病気や入院や死や、学校でのいじめなどが次々と浮かんで来て、実景は飛び起きると、ヘッドホンをかぶり電源をオンにした。

藍川修一《しゅういち》は、よしのより二つ年上の二十六歳で、この春本社からよしののいる営業所に異動してきたのだという。

翌日、寝る前にトイレに入ろうと部屋を出た時、リビングで話す姉と母親の会話を洩れ聞いたのだった。

本社からの異動で、同僚になったばかりの人らしい。

それだけ聞くと左遷《させん》だが、実情は入社四年目にして主任昇格というスピード出世らしい。東京の名門私立大を出ている。家はかなりの資産家だそうだ。噂では都内に土地二万坪——だが、

「イケてない、全然イケてないから。クラいし」

よしのの笑い声がリビングのほうから聞こえてくる。トイレのドアを開けたままの姿勢で、実景は耳を澄ました。

半分開いたドアから、母親の寛子が

「そんなこと言うんじゃないの」

たしなめる。

「迷惑かけたんでしょ。少しは反省しなさい」

まったくだと思ったが、よしのは「えー、済んだことじゃん」などと能天気だ。

「あー、こっちもゴルフかよ……まったく日曜の昼間ってろくなのやってないね……んであの人、上司の威厳とかも全然ないし。あんなんでこれから本当に出世すんのかねーってみんな言ってるよ。そりゃ条件はいいよ？　一瞬いい物件に見えるから女は飛びつくんだけどさ、デートに誘われてうどん屋に連れて行くような男よ？　野暮よ、ヤ、ボ」

ばりばりと袋でも破くような音。

「そのヤボ男さんのおかげで無事家にたどり着いたけど、玄関に汚物を撒《ま》き散らすまで飲んだくれたあんたは、じゃ、いったいなに？」

実景の言いたいことは、そっくり母親が言ってくれた。内心で拍手する。

告げ口したわけではない。それどころか、実景はよしののことを黙っているつもりだったのだが、玄関のドアを開けたとたんに、

「なんて匂い！　なんでこんなに酒臭いの」

結婚式から帰ってきた母親にばれたのだ。

で、姉はベッドでいぎたなく寝こけているところを叩き起こされ、尋問を受ける運びとなる。それからどうなったのか、実景は部屋に戻ったので知らないが、母の口ぶりではなまじ

飲めるものだからいい気になって限界を超えた、というようなことらしかった。

涙の理由については、なにも明らかになっていない。というよりも、泣いた事実さえ母親には知られていないようだ。

「一度、連れてきなさい。お母さんも一緒に謝るから」

寛子が言っている。

「やだよお。それじゃなんかみたいじゃん」

「なんかって、なによ」

よしのは言葉につまったようである。

少しの沈黙の後、

「ほんとにあんたはお調子者なんだから。お父さんはお酒で死んだのよ？　同じになりたいの？」

叱責《しっせき》するような寛子の声が聞こえた。どしどしとこちらに向かってくる。

実景は周章ててトイレに入った。

隣でドアがばたんと閉まる音。

急いで用を足し、自室に戻った。

それから、我に返る。なにやってんだ俺？

ベッドに坐り、さっき聞いた情報を反芻《はんすう》する。

――本社から来たエリートで資産家の息子で、頭もいい。けど、最初のデートはうどん屋。昨日の感じからは、エリートという印象は受けなかった――かといってダメ社員だろうと思ったわけでもないが。少なくとも、家柄や学歴をかさにきて、女の子にウケようとする種類の人間ではないわけだ。

むしろ、そんな鼻持ちならなさからほど遠いところにいると思える。控えめな態度や言葉つき、飲み会でつぶれた、彼女でもない女の子を自宅まで送り届ける誠実さ。ゲロを吐かれても動じず、よしのを介抱していた。底ぬけのお人よしなのか、器《うつわ》がでかいのか――前者なのだろう。野暮な男かもしれないが、デートでうどん屋に連れて行かれたぐらいで幻滅しなくてもいいのにと思う。

しかし、すると、今は決まった彼女はいないということなのか。彼女がいたら、人事不省《じんじふせい》なほど酔っ払っているとはいえ、他の女の子を送るのはまずいだろう。いや、でも、昨日の舟遊びに彼女は来ていなかっただけかもしれない。それとも学生時代からの彼女がいて、遠距離恋愛の真っ最中だったりして――。

そこまで考え、実景ははっとした。いつのまにかまた、藍川のことを考えてしまっている。しかも、彼女の有無といったプライベートな部分にまで踏み入って。そんなの全然、自分とは関係のないことなのに、なんで考えているのだろう。

――久しぶりで「外」の匂いを嗅いだから……。

五年間、実景が接する他人は家族を除けば坂井だけである。来客があっても、実景は部屋に鍵をかけて一歩も出ない。あきらめているのか、親戚が来た時でも寛子は実景に顔を出せとは要求しない。

そんな、漣《さざなみ》ひとつたたない凪《なぎ》みたいな生活が当たり前になっていたから。

だから、突然飛び込んできた「外」にびっくりして、動揺しているだけなのだ。そうに違いない。いや、そうだ。

考えすぎて過呼吸を起こしそうになっていた。はあはあ言い出した喉に気づき、実景は大きく深呼吸した。考えていたことを、頭から閉め出した。

次の土曜日、実景がいつものように食器を片づけて寝に行こうとしていると、よしのが突然、

「今日、お客さんが来るから」

判決を言い渡す裁判長みたいなおごそかな顔つきで実景に言った。

「……誰」

「会社の人たちよ。ほら、こないだよしのを送って来てくれた人がいたでしょう」

どきりとした。

「お礼を言わなくちゃね。藍川さん——だっけ」

「来るのはあいつ一人じゃないよ」

よしのは厭そうに言う。

「同期の子と同じ課の子とか、四人ぐらい来るから。ミカ、挨拶しろなんて言わないけど、トイレかなんかで起きてきて人が大勢いても、パニック起こさないでよね」

「ドアをちゃんと閉めておけばだいじょうぶでしょう」

つけつけ言うよしのを、寛子が遮った。

「ただ、お客様があるということは忘れないでね」

「……うん」

実景は茶碗をシンクに置いた。

「モンテローザ行くけど、リクエストある？」

よしのがこちらを見上げて、地元にある洋菓子店の名を言った。雑誌やテレビでもたびたび紹介されている、行列のできる名店である。

「——俺は、いい」

「なにがいい？」

返事を聞かなかったかのように、よしのは重ねて問う。

「……マロンタルト……」

「おっけ。お母さん、車出すね。今から行ってくる」

よしのが立ち上がった。父親似の長身で、一七〇センチある。母親に似てごく一般的な大きさの実景とは、二センチしか違わない。身体つきは姉弟そろって華奢で、どちらも五〇キロを出たことがなく、家族写真を見るとよしのはいつも、「戦前、戦後」と言う。ふくよかな寛子を挟んで、ひょろっと立っている姉弟は、たしかに欠食児童的ではある。

よしのに続いて、実景も廊下に出た。自室に戻ってベッドに坐る。

ヘッドホンに手を伸ばしかけた時、藍川の名を聞いて動揺した、さっきの自分を思い出した。

なんなんだろう、これ。

馴れない感じが肺のあいだでざわめいている。それは、わくわくするような、こそばゆいような、でも少し痛い感情である。生まれたばかりで、まだ名前がない。でもできれば、名づける前に消えてしまって欲しくもある。

迷いを払うように立ち上がり、CDのラックの前にしゃがむ。エデンのファーストアルバムを選んで、ヘッドホンを装着した。

微かなざわめきとともに、心臓音のようなドラムの音色がこちらにやってくる。静かに、そしてゆっくりと。音は次第に増え、やがてある一定のリズムをとる。

聴き馴れたイントロを耳に響かせながら、目を閉じた。

ふっと目が醒めて、実景は自分のいる場所がどこなのか判らなくなる。

当惑は一瞬で消え、家で、ベッドの中だと思い出した。思い出さなくても、いつもここにいるのだが、なぜか目醒める瞬間に、居場所が危うくなることがある。今は何月で、時間は何時で、自分はどこにいるのか――。

机に置いたデジタル時計を見ると、一時を過ぎていた。

そこでようやく、ドアの向こうがなんとなくざわざわしていることに気づく。何――？

これもまた一瞬疑問が過《よ》ぎったが、すぐに解決した。よしのの客が来ているのだった。

実景はそろそろと起き上がった。ありがたいことに尿意をもよおしてはいない。ヘッドホンを外し、辺りを見回す。

そっとドアを開けると、ざわめきは高くなった。ガラスを嵌《は》め込んだ、リビングに通じるドアは閉まっている。音はその隙間を縫うように聞こえてくる。

……。

這い出し、玄関のほうへ行く。三和土に焦茶のローファーと黄色いミュールと、一回りでかいスニーカーが二足、そろえて脱いである。

実景はスニーカーをしげしげと眺めた。ほとんど履きつぶし寸前といったナイキのエアと、底のあまり減っていないコンバースの赤いプロレザー。

こっち、だな。

赤いスニーカーを見るともなしに眺めた。

それから急いで部屋に戻り、ドアを閉める。

そのまま、頭を凭《もた》せかけた。ことんと後頭部がドアにぶつかる。

――今、この家の中に四人もの他人がいる。

あらためて思い返すと恐ろしい状況なのに、なぜか心は乱れもせず、むしろ落ち着いていた。不思議な気分だ。「外」が数メートル先にいるのに。食べたり飲んだり、笑っているのに。実景には判らないことで、笑っているというのに。

――あの赤いスニーカーのおかげ？

ふっと思い、なんでそんなことを思うのかまた不思議になる。あれが本当に藍川のものかどうかも判らないし、「外」が怖くないこととスニーカーを結びつける根拠など、ありはしないのに。

突然、ドアが外からぐっと押される。実景は押されて、前にのめる。なにが起きたのか判らないでいる実景を、よしのの笑顔が見下ろしていた。

「あら、そこにいたの。失礼」

片手に大皿、片手に五〇〇ミリグラムのウーロン茶のペットボトルを持っている。

「差し入れ。今起きたの？　お腹すいてるでしょ」

言いながら後ろを振り返る。

「どうぞ、入って下さい」

「ちょ……ちょっと待っ――」

逃げ場などない。部屋の真ん中で無様《ぶざま》に這いつくばり、実景はよしのの後ろから現れた藍川を見上げた。

灰色のトレーナーにジーパンというなりは、やはりエリートには見えない――というか、藍川はサラリーマンに見えないのだと、気づいた。ではなにに見えるかと問われると困るが、とにかく年齢不詳、職業不詳。なにをやっているのかは誰も知らない……と言われれば、失礼極まりないが納得できる。

「あ……」

「どうも」

藍川も、どちらかというと戸惑っているようだ。よしのに引っ張られて来はしたが、べつに実景に興味があってコミュニケーションをはかりたいというわけではないのだろう。

わけが判らない。よしのだけがいやに明るく、

「ここに置いとくね。あ、彼、藍川さん……弟の実景です」

双方を強引に紹介した。

「このあいだ会ったから……」

藍川は、こんな場面で如才《じょさい》なく立ち回るということができないたちなのだろう、困ったようによしのに言う。

「あ、その節《せつ》はどうも、お二人には多大な迷惑を……」

お調子者の姉の存在が、今はありがたい。実景は動揺を鎮め、どきどきいっている心臓がそのまま止まってしまわないように胸を押さえた。

「藍川さんもエデン好きなんだって」

よしのが言って、実景は藍川がここにいることの理由がなんとなく判った。

「会社にいるって言ったでしょ、エデン聴いてる人。あんたと話が合うんじゃないかと思って」

「そ……」

そんなことを言われても、自分にどうしろと言うのだ。おや、あなたもファンでしたか。こりゃまた奇遇、どうですか一杯——こんなふうに展開させたいのだろうか。そんなの無理に決まっている。まだ、挨拶もしていない。

藍川が不意にしゃがみ込んだ。なにかと思ったら、床に置きっ放しのCDのパッケージを見つけたらしい。

「ファーストだ」

独り言のように言う。

実景はぴくりとして膝をかき抱いた。藍川はこちらを見ると、

「どこで知ったの？」

問いかけてくる。

「え」

「こういう人がいて、こういう歌を歌っているってこと、どこで」

「……スカパー」

「そう」

藍川は、それきりなにも言わずジャケットを見ている。

「あの……藍川、さん、は……」

おそるおそる、実景は口を開いた。家族と坂井以外を前に話すのなんて、いつ以来だろう。学校に行かなくなるだいぶ前から、実景は誰からも口をきいてもらえなくなった。小学校から一緒だった仲間でさえも。「外」は裏切る。簡単に裏切る。「外」はいつだって実景を閉め出そうと待ち構えているのだ。僅《わず》かな希《のぞ》みを抱いて伸ばした腕を噛うように、受け入れる寸前ではねつける。

そして気づいた。藍川には「外」の匂いがしないことに。疑いもなく「外」なのに、攻撃してこない。怖くない。

「ライブハウス。友達の対バン」

「……すごい」

「もう六年も前になるんだな。メジャーデビューするなんて、思わなかった」

「売れるなんて、もっと思いませんよね」

実景が言うと、藍川は困ったような笑みを浮かべた。

「デビュー前の曲とか、聴いたことあるんですか」

「ああ、CDを売っていたから……」

自主製作で二枚出ている。入っている曲はこの三年間でおおかたがアルバムに収録された。しかし、まだ未収録の曲もある。聴いてみたいが、どうすれば聴けるのかが判らない。

実景がエデンを知ったのは三年前、つまりデビューの頃だ。音楽チャンネルでプロモーションビデオがパワープレイされているのを見た。そのデビュー曲も歌手も大して話題にもならず、ランキング五〇位台の付近をふらふらした後、圏外に消えた。

しかし実景の心には鮮烈に焼きついていた。プロモーションビデオを録画し、よしのに頼み込んでCDを買ってきてもらった。

姉は会社帰りにショップに寄り、その帰途、弟がそこまで執心しているアーティストとはどんなものだろうという興味に駆られるまま、自分のCDウォークマンで試してみたらしい。

『頼むから、ヘンな宗教にかぶれたりしないでね』

渡す時、にやにや笑いながら言われ、実景は憤慨した。そりゃ、よしのの好きなアーティストたちに較べて、派手さはないかもしれないが——というか実際昏《くら》いが、でも生き方を啓蒙するような曲ではない。ただ、飼っていたうさぎの死を悼《いた》んでいるだけだ。

それから三年、エデンは今でも売れているとはいえないけれど、それなりに客層を摑み、メジャーから契約を切られることもなく活動している。一部に熱狂的なファンがいるらしい。よしのが教えてくれた。

『やっぱりね。オタクが好きそうだと思ったわ』

俺はオタクなのか。実景は思った。新曲が出る度、プロモーションビデオが流れる番組をネットで検索し、録画したものを編集して「エデンテープ」を作っているようでは、そう呼ばれてもしかたがないか。

「エデンって、男の人なんですか」

実景は、気になっていたことを訊ねた。

「女だと思ってたの？」

藍川はやや驚いたように訊く。

「いや……プロモにもほとんど出てこないし、出てきてもデフォルメされてて顔なんか判らないし、髪長いし……声も、どっちともとれるし」

「男だったよ。ＣＤ貰った時、話したから」

「エデンと？　喋ったんですか！」

実景は目を瞠《みは》った。そんなことができるなんて、藍川は地球外からやって来たスーパーマンに違いない。

「すごいすごい」

「そんな驚くほどのものでもないよ。知り合いのバンド仲間なら普通に喋るだろ」

藍川のほうでは、実景のリアクションにたじろいでいる様子だ。

「仲間？」

「俺もバンドやってたから……」

大学時代、バンドでベースを弾いていたのだと、やや照れながら教えてくれた。

「たしかに、細くて震える声で、呟くような歌い方するから、知らない人は性別間違えるかもしれないけど」

「喋る時も、ああいう声なんですか？」

「いや。普通に男だけど」

「なんの曲が好きですか。俺は『砂の星』と『イデア』と——」

気づけば熱心に喋っていた。後から思い返して、奇跡が起きたのだろうかと思ったほどだった。「外」とそんなに長く触れていられたことは、この五年間まったくなかった。一日じゅう誰とも口をきかない日も珍しくない。

それなのに、よく知りもしない男を相手に、夢中で話をしている。よしのが出て行ったことにも気づかなかった。

藍川は、そんな実景を奇異に感じたようでもなく、同じようにエデンについて話してくれた。ライブにも何度も足を運んでいるらしい。自分のバンドも友達のバンドも大学の卒業とともに解散したが、そのままレコード会社に就職したり、音楽雑誌の記者になった者もいると言った。

「歌詞がいいんですよね。なんか不思議っていうか、哀しいんだけどおかしいとか、寂しさが共鳴するとか」

「意外と笑える曲もあるしね」

「『サンダル』ですか。好きな子の前で裸足になれないっていう」

「そうそう。あいつ水虫なんだよね」

慎ましやかな笑い声が部屋にさざめく。

「だから俺は、エデンは決して昏いとは思わないんだ。みんなそう言うけど。ちゃんと聴いてないんだな」

実景は相槌《あいづち》を打ちかねて気まずく笑った。「みんな」がどう言うのか、実景には判らないから。そもそも「みんな」というのは誰だ？

「みんな」など知らなくても、こうして喋れている。そのことに、実景は感動した。藍川は決して雄弁なタイプではない。低いがよく通る声で、ぼつ、ぼつとセンテンスごとに切れるような話し方をする。しかし、少ない言葉の中に、どこかユーモラスなところがあって、それが心地いい。温かく感じられる。こんな藍川を「昏い」というのは、それこそエデンを「昏い」と莫迦にするのと同じ発想なのだろう。明るいとか陽気だとかいうのとは違うけれど、安心できる。そりゃ、その眼鏡は変えたほうがいいとは思うけど。

――条件はいいが野暮な男。

「？」

あれこれ思い巡らせるうち、そんなフレーズが不意に過ぎって、実景は口を噤《つぐ》んだ。

黙りこんだ実景に、藍川は首を傾げる。

「なに？」

「――なんでもないです」

藍川に対して失礼なことを考えてしまった。恥ずかしい。よしのが言っていたのを思い出しただけなのだが、なにも話している最中に思い出さなくても。うどんなら好きだからうどん屋でもいい、などと思ったことについてはさらに。

「あれ、姉ちゃん？」

よしのがいなくなっているのに気づき、実景は俄《にわ》かに狼狽《うろた》えた。

「あ、ほ、ほんとだね」

藍川も照れくさそうに辺りを見回している。

へんな沈黙。好きなアーティストが同じだというだけの赤の他人という、本来の立場が急に二人の居住まいを正させている。要するに醒めたのだ。すると辛い。

「邪魔してごめん。メシまだなんだろ？」

藍川はぱっと立ち上がった。何センチあるんだろうなと思いながら、実景は見上げる。

「ありがとうございました」

自然と口をついて出ていた。ありがとう。感謝の言葉。

「えっ？」

「あの――エデンの話してくれて」

「ああ、それなら俺もありがとうって言うよ。周りに同士いないから」

軽く手を上げ、藍川は背中を向けた。

実景はほうっとため息をついた。心がほわほわ温かい。藍川がくれたぬくもりが、指の芯まで染みとおっている。

けれど、そんな藍川も「外」なのだ。ドアの向こうの世界に、当たり前に飛び込んでゆけるのだ。自分は違う。どこからも、なにからも、取り残されて一人ぼっち。

そんなことは今に始まったことではないから、実景はすぐに気を取り直した。そういえば、腹が減っている。

よしのが置いていった大皿に手を伸ばす。フォークも添えられている。カナッペやテリーヌのオードブルから、手羽先のトマト煮やローストビーフ、二種類のパスタ。ホテルのビュッフェのような料理は、母親と姉の共同作品だ。二人とも料理自慢で、だから疲れて帰って来ても必ずキッチンに立つ。よしのに言わせると、料理は「ストレスの解消」にいいのだそうだ。共働きの家庭で、小学校も高学年の頃には既によしのは料理番だった。休みの日には、寛子と一緒にパイやショートケーキ、日もちのするパウンドケーキなどのおやつを一週間分作りおきしていたものだ。

冷めた食事を口に運びながら、実景はそんな昔のことを考えた。まだなにも起きてはいない、短い春のような時代。たしかにあの頃は幸せだった。

だが——。

昏い記憶が蘇り、実景はそれ以上考えないように思い出のアルバムを閉じた。

しかし、現実とは厭でも対峙しなければならない。自分はもう小学生ではなく、そろそろ大人の自覚を持たねばならない年頃だ。

だというのに、一日じゅう部屋にこもって音楽を聴いているかテレビを見ているか本を読んでいるかの、無為な日々。今、自分が死んでも親戚以外誰も会葬しないのではないかと思われる。友達は一人もいない。年賀状は加入しているプロバイダからのダイレクトメールみたいなのが一枚だけ。恐ろしいほど世界と隔絶している。しかし、そんな現状も甘んじて受け入れて、なんの手段も講じない。このままではまずいと思いながらもなにもしない。まずいと思うならまだしも、ふだんは危機感ひとつおぼえない。なにも作り出さずなにも生まず、たらたらとただ、生命を垂れ流しているだけ――。

いったん流れはじめると、思いは溢れ出し、止まらない。自らを傷つける言葉がいくつも浮かび、それはいじめられていた頃の記憶に重なる。閉め出したはずなのに結局また思い出している。「消えろ」「死ね」「ゴミ」「早く死ね」。

フォークが床に落ちた。

実景は机に突っ伏し、嗚咽《おえつ》をこらえた。哀しみでもなく寂しさでもなく、ただ空洞を通り抜ける風のように鳴るあきらめ。自分はきっと一生このままだ。何度春が訪れ、花が咲いて散っても、なにも変わらないまま。たとえば今死んでも、そもそも笹尾実景という人間の存在を認識している者が何人いるか。家族と親戚、あとは坂井ぐらいのものだ。

考えてもしょうがないそんなことをまた考え、実景はさらに落ち込む事実を発見した。

藍川が置いていったCDの表面に、オレンジ色の粒々が飛んでいる。

フォークに絡まっていたパスタだ。

最悪だ――実景はフォークを拾い、フォークごと皿に叩きつけた。

八つ当たりしたって、自分のふがいなさがどうにかなるものではない。さらなる自己嫌悪に見舞われるだけだ。大嫌いな弱い自分に、また一つ憎むべき要素が加わった。

「あら、全部食べられなかった？」

客たちが帰ってから——玄関のほうでいつまでも賑やかに「ごちそうさまでした」とか「また来て下さいね」などとやっていて、実景は苛々した——リビングのほうに行くと、寛子とよしのがダイニングのテーブルで紅茶を飲んでいた。

実景が下げた皿を、よしのが見咎《みとが》めた。

「だから、多すぎるって言ったでしょ。実景は食が細いんだから」

「ちっとは太ったほうがいいのよ。外に出ないで毎日毎日エデン聴いて。あたしならヘンになるよ」

憎まれ口を叩きつつも、よしのは立って、実景の分の紅茶を淹れてくれる。実景は自分の席に着いた。

「あら、もうこんな時間。夕飯どうする？」

「いらないー。さっき食ったばっかでなんかお腹いっぱいって感じ」

「じゃ、小腹がすいた時に備えて、サンドウィッチでも作ろうか」

「いいね。パテも残ってることだし……でも、その前に」

よしのはにやりとすると、冷蔵庫から白い箱を取り出した。

「ケーキケーキ」

「お腹いっぱいじゃなかったの？　それに、ケーキなら食べたばかりでしょ」

「別腹っていうじゃん。それに接待ケーキなんて食った気がしねえ」

よしのは箱を開けた。ちょうど三個のケーキが残っている。

「はい、ミカ。マロンタルト。お母さんはイチゴのブリュレでいい？　あたしは、ハニームースのオレンジソース」

てきぱきと皿に取り分けながら、実景ににっこり微笑みかける。

「一口ちょうだいね？」

一口じゃすまないことも、なぜよしのが実景にケーキの希望を強要したのかも、よく判った。

「そんなに食べて……なんで太らないのかしらねえ」

寛子は羨《うらや》むように言う。

「燃費が悪いのよ。人が一六〇〇カロリーですむところ、三〇〇〇摂らないと生きて行けないのよ、高等動物だから」

「はいはい。どうせお母さんは下等ですとも」

寛子はスプーンでブリュレをひと匙掬《さじすく》い、残りをよしのの前に押しやった。

「サンクス……ミカー、奴はどうだった？」

不意に矛先《ほこさき》を向けられて、実景はえ、と問い返す。

「藍川。愉しかった？」

「呼び捨てにするんじゃないの。仮にも上司でしょう」

「だって全然あいつ、威厳なんてないもん。仕事の指示も遠慮がちだしさあ。もっとビッとしててもいいと思う」

「横暴なのよりはましでしょ」

産休をとった以外は、同じ会社に勤務し続けている母親は、職場でもそれなりの地位を得ている。それでも、そのさらに上との接し方は悩みの種らしく、時々よしのを相手に一献《いっこん》やりながらグチったりしている。

「男はちょっと横暴なくらいが……よくないね、はいはい」

寛子の悩みを知っているよしのは、言いかけた言葉を飲んで肩を竦める。

「それで、お話したの？　藍川さんと」

「……まあ、ちょっとは」

寛子が心持ちこちらに身を乗り出すようにして問うた。

「けっこういろいろ喋ってたじゃん。話がはずんでるみたいだから、あたしは遠慮したんだけど」

嘘だ。最初から二人きりにする気だったくせに。

実景の現状を、他人と接することが極端に少ないせいと明察し、よしのは時々こうやって実景を第三者と遭遇させる。たしか最初は、大学のサークルの先輩とかいう男だった。すごい読書家で、あんたと合うんじゃないかと思って。まるで、お見合いを仕切る近所の世話好きおばさんだ。

頭を丸坊主にして口ひげをたくわえたその、格闘家みたいな巨漢に、実景は見ただけで拒否反応を起こし、早々にお引取り頂いた。寛子に叱られ、よしのは「見た目で決めるなんて、あんたってけっこうゴーマンね」などと開き直っていたものだ。

それから二回ぐらい「お友達」を家に連れて来たのだが、実景は最初から部屋に鍵をかけて、寝たふりをした。人でなしと誹《そし》られようと、初めての時のビジュアルのインパクトは強烈で、すっかり怯えていたのだ。

それが、同じ「よしのが連れて来た他人」でも、どうして藍川とはうまく話せたのだろう。藍川だって、「外」には違いないのに。実景を蹴り出した「外」に、普通に馴染んで普通に社会人をやっている男だ。いや、やれているというべきか。とにかく、自分とは何もかもが違う……大学だって、名門だ。中学もろくに通っていない実景からすると、どれだけ頭がいいのか判らないほど。

でも、怖くはなかった。

そんなにコンプレックスを刺戟《しげき》されることなく話せた。クリニックの待合室にいる時みたいに、安心していられた。なぜだろう。

「あのクラーい歌うたいのファンなんだって、藍川クンも」

よしのが母親に種明かしをしている。そうか、と実景は納得した。エデンという共通項があるから、臆せず接することができたのか。というか、臆しもしなかった。

納得はしたが、それでも理解できない部分は残る。藍川の笑顔を見た時の、なんともいえない胸の高鳴り。言葉の途切れた瞬間の頼りなさ。そういうのもみんな、エデンを好き同士だから？　そんなにエデンの話をしたかった？

よく判らない。

判らないことは判らないままに捨て置くことにして、実景はタルトを口に運んだ。

「歌うたいって、エデンとかいう？　まあ、お母さんは知らなかったけれど、けっこう売れているのね」

「売れてないないない。ぜんっぜん売れてないのに、なぜかあたしの周りに三人もいるんだよなー、愛好者が。なんでだ」

「……姉ちゃんも、実はクラいんじゃないの」

「あんた、たまに口開いたと思ったら、ずいぶん面白いことを言うようになったのね？」

よしのの目が耿《ひか》る。

「い、いや……」

実景は焦って、ケーキ皿を姉の前に押しやった。残しておいたてっぺんのグラッセを、よしのはぱくりと食べると満足したような顔になる。

「でも、藍川さんていい方ね。頭よさそうだし、実直な感じで」

「そう？　ただの昏い男だけど。会社にいたって、あんまり喋んないし。つまんない」

「外でべらべら喋るような男よりずっといいわよ。誰か、おつきあいしてる人はいるの？」

「藍川クン？　まさか。いないいないない。いるわけない」

よしのはそれから、「あ……」と何か気づいたような顔になった。

気づいて、一瞬黙る。姉にしては翳《かげ》った表情。が、すぐに元に戻る。

「なんか期待とかしてるんだったら、やめてよね。藍川クンは、そんなんじゃ絶対、ないから。ありえないから」

「ありえないって……」

母親はがっかりしたようにいった。ほんとうに期待していたらしい。色気とは縁がないものの、よしのも年頃の娘である。そろそろ「いい人」が現れてもいいぐらいには実景も思っている。そばで見るにつけ、無理そうだとあきらめているが。

だが、藍川がその対象になるとは想像していなかった。寛子の反応を見て初めて、それもありうることに気づいた。よしの的には「ありえない」そうだが、それだっていつ気が変わるかなんて判らないわけだし。

そうなったら藍川は兄だ。藍川が兄になる。素敵なことかもしれない。

でも……。

なんとなく、厭だった。なんでなのかは、判らなかったが。

「ごちそうさま」

「実景、もういいの？　お腹すいてない？　サンドウィッチ作ったら食べる？」

「いいじゃん。腹減ったら自分から食いに来ればいいんだから。さて、では製作しますか」

よしのは口をもぐもぐさせながら立ち上がった。

「あなた、その言葉遣いなんとかしなさい。外で出るわよ？」

「だいじょうぶ。あたしガード固いから。ってか、会社の人間にそこまで心開いてないから」

蛇口を捻り、景気のよさそうな水音をたててよしのは言う。

寛子はため息をついた。

母娘が仲良く並んで炊事を始めたので、実景は自室に引き上げた。さっきのよしのの表情が、なんとなく気になっていた。


帰宅したよしのが、鼻歌を歌いながら着替えている。またドア、開けっ放し。実景は雑誌を眺めながらその気配に耳をそばだてている。足音が聞こえてくる。乱暴なノック。

どうぞとも言っていないのに、ジャージ姿のよしのがドアから顔を覗かせた。

「ミカ、お土産」

「え？」

渡されたのは一枚のMDディスクである。

「藍川クンから」

「えっ」

「エデンの、未収録曲だって言ってくれれば判るって」

「……」

実景はぽかんと手のひらの上のMDを眺めた。次第に喜びがこみ上げてくる。インディーズ時代の幻の曲だ。なんという幸運。

「嬉しそうな顔して。よかったね、お仲間ができて」

冷やかすように言って、よしのはすたすた去った。

ドアを閉め、MDプレーヤーに飛びつく。ディスクをセットしてスタートボタンを押す。

ややあって、低い、途切れるような歌声が流れ出した。イントロなしの「砂の星」。

こんな曲だったんだ。実景はCDを引っ張り出して、歌詞カードと照らし合わせる。インタビューで言っていた通り、少し詞が違っている。

本物だ。嬉しかった。喜びに舞い上がりながら、ふと、これをくれた人のことに思い当たる。

藍川はわざわざ、MDに落としてくれたのだろうか。自分のために？　エデンを好きな同士だから？　この部屋で話した時のことを思い出す。藍川が買ったというデビュー前のCDを、実景がどんなに羨ましがっているか、藍川にはちゃんと判っていたのだ。

考えると、どきどきした。誰かが、自分のために何かしてくれる。大事な時間を、そのことに費やしてくれる。誰も自分のことなど考えていないと思っていたが、少なくともMDを作っているあいだは、藍川の頭に実景のことが浮かんでいただろう。

そう思うと、なんだか元気が出てきた。生きているのも、そう悪いことじゃない。大げさではなく、砂を噛《か》むような日常の中で、自分が生きている意味についてふと考えることがある。俺なんか、生きてたってなにかいいこと、ある？　世の中の役に立つことがあるか？

――そんな実景にとって、藍川がくれたMDはまさに生きてきたことへの答えだった。藍川が考えてくれていた。少なくともこれをよしのに手渡すまでは。

胸が温かくなった。藍川といる時に感じた、心地のいいぬくもりが蘇ってくる。

「仲間ができてよかったね」とよしのは茶化すように言ったが、冗談でもなんでもなく、まったくその通りだということに気づいているだろうか。

一人ぼっちだった実景に差し伸べられた、それは一筋の光だった。

でも、と高揚した後に思う。

返すものがない。


「藍川クンの好きな色？　――なんでそんなことあんたに関係あるのさ」

鼻歌を歌いながら夕食を作っていたよしのは、怪訝そうな顔で振り返った。

「その……なんか、お礼がしたいな……と思って」

おずおずと、実景は答える。今日はカリフラワーのクリーム煮らしい。シンクにまるごとのカリフラワーがでんと横たわっている。ホワイトソースのいい匂いが、鍋から漂っていた。

「お礼？　ああMD？　つかお礼なんて……ああ？」

よしのは途中からなにか思いついたように、にやりとした。

「いい、いい。そりゃいい。そうか、藍川クンとお友達になりたいんだ？」

揶揄《からか》うように言われて、実景はよしのに相談をもちかけたことを少し後悔した。しかしもともと、ひきこもりみたいな弟をなんとか他人と触れ合わせようと画策《かくさく》していた姉である。こうした結果が出たことに、不満のあるはずはなかった。

「だからってなんで、『好きな色』？　一人暮らしの寂しいお部屋に、素敵なカーテンでも贈ってさしあげるつもり？」

「そ、それは……」

一人暮らしなのか。そういえば、本社から来たのだっけ。東京の人だ。素敵なものなど、東京で見馴れているに違いない。

少しだけ落胆した実景だが、よしのは嬉しそうに、

「ほんとにあんたって、変人だよね！」

弟の肩をばしっと叩く。

「MDなんて、ディスク代とせいぜい電気代ぐらいでしょ。お返しったって、そんな高価なものじゃかえって退《ひ》かれるし、だいたい高いものなんてあんたのお小遣いじゃ買えないし……そうだ、詩でも書いてあげたら？」

「シ？」

「ポエム。エデンオタクなんだから、詩ぐらい捻《ひね》り出せるでしょ。なんか後ろ向きなやつ。きっと喜ぶよ、彼、そういうの好きそう」

「……お、俺は、詩なんか――」

いくら半ひきこもりのオタクでも、二十代も半ばの男に「詩」をプレゼントしようなどという思いつきがかなりすっとんきょうなものだと言うことぐらい、判る。

「書けないよ、詩なんて」

莫迦にされた気がして、つっぱねた。

「じゃ、プレゲの時計でも贈る？」

よしのはにやにやしている。

「って、冗談だってば。ちゃんと考えたげるから、カリフラワー解体して」

以前、買って来たカリフラワーを切っている時、葉と実の間から小さな青虫が出てきたことがある。虫嫌いのよしのは、以来カリフラワーを恐れているのだ。

言われるまま、実景は——そうしろとよしのが強要するので——まな板の上ではなくシンクの中でカリフラワーを小さな塊《かたまり》一つ分ずつに切り分けた。よしのは横で引き気味に見守っている。

「そのぐらいでいいよ。藍川クンだけど、ピルケースなんかいいんじゃない？」

「ピルケース？」

「なんかミントのタブレット舐めてんのよ。禁煙してるんだって。それが、サランラップにタブレット包んでくるんだ。冴えない奴でしょ？　……あ、でもそんなのあげたら、あたしが家で藍川クンのこと話してるってことになるのかねえ？　いいけど」

「そ、それがいいよ。それ、買って来て」

実景はやっと言った。よしのは早口でべらべらと喋るので、時々ついて行けなくなる。

よしのはああ？　と唸った。細い眉が吊り上がる。

「なに言ってんの。自分で買いに行きなさいよ。あんたがお礼するんでしょ」

「だって……お金は出すから……」

「当たり前でしょ、そんなの。なにをこの上、あたしが藍川クンへのプレゼントなんか買いに行かなきゃいけないのよ。伝書鳩やってやってるのだって親切心からなのに」

「……」

実景はうなだれた。藍川に感謝の意を伝えたいが、それでは手紙でも書く以外にないのだろうか。

手紙なんて。文章を書くのは得意ではない。本当に感謝しているということを伝えるためには、どんな言葉を紡《つむ》げばいいのだろう。

「しょうがないねー」

よしのは、やっとといった調子で言った。

「一緒に行ったげるよ。店まで連れてってやるから、ブツは自分で選びな」

最大限譲って、そこらしい。

「考える……」

実景は踵を返した。背中で大きくため息をつく気配がした。

よしのはああ言うが、外出することは実景にとって一大決心を要する。外に出て、「外」

に触れて、自分の存在を「外」に知らせることだ。

そんなの、怖いし恥ずかしい。

「外」は怖い。いい顔をしてみせても、いつ牙をむいて襲いかかってくるか判らない。

逃げてばかりいる弱い自分。こんなダメな人間を人に見られるのは恥ずかしい。

藍川にお返しをしたいけれど、「外」に出るのは厭だ。

二つの相反する感情が、心の中でせめぎ合う。なんでわざわざ「外」に出て行かなければならないのか。嗤われるために？

だが、どのみち藍川には「ありがとう」の気持ちを伝えなければならない。その時に、感謝のしるしがあるのとないのとではきっと伝わり方が違う。よく判らないけれど、そう思う。

長らく対等な友人関係から遠ざかっている実景にとって、他人とはなにかを引き換えにコミュニケーションをとらねばならない相手である。引き換えるなにかとは、この場合勇気。

伝言を頼むのは簡単だが、しょせんそれだけしか伝わらない。勇気を見せなければ。

藍川の優しい笑顔が、脳裏に浮かんでいる。あの人に悪く思われたくない……。

よし、と決意して、実景は再び部屋を出た。

「買いに行く」

レタスをちぎっているよしのに、おごそかに告げる。

「あら、そう？　今からならステーションビルも開いてるね」

「えっ、い、今から行くの？」

実景はたじろいだ。勇気を出したというものの、それをいざ実行するとなると怖気づく。弱い人間のフローチャート。

「思い立った時が行ける時よ。あんたの場合、その決意が持続してるあいだにさっさとやっちゃわないとね」

よしのは弟を正しく理解している。まくっていたジャージの袖を下ろし、身軽な動作で玄関に向かう。

のろのろと、実景もそれに続いた。

姉が出した車に乗り込む。赤いシビックは、薄暮の街路を走り出した。


赤、青、ピンク、オレンジ、紫、黄色、緑。

カラフルな色彩が、視界に溢《あふ》れている。右を見ても左を見ても、なにかしら「可愛い物」が目に入る。おまけにいい匂いがした。

「こ……ここに入るの？」

「入らなきゃ買い物できないでしょ」

入り口付近で小競《こぜ》り合いの後、よしのに引き連れられて観念した。

駅ビルの中の雑貨屋。小さくて、きれいで、こちゃーっとしたものが、籐《とう》の入れ物の中でちまちまとひしめき合っている。

「ピルケースはと……あー、あった」

買い物客——会社帰りのOL風のお姉さん——とすれ違いながらびくびくしている実景の腕を、よしのはむんずと掴んだ。

「この辺みたいよ?」

実景はしげしげとそのコーナーを眺めた。大中小さまざまなケースが、色とりどりに揃っている。

ゆっくりと見回し、そのうちの一つに目を留めた。

「これ……」

丸みを帯びたフォルムの、小ぶりなケースだ。仕切りはないが、タブレットだけを入れておくには便利だろう。

なによりその色にひかれた。紺色から淡い水色のグラデーション。藍川のイメージに合っている。

「三五〇円か……ま、ディスク一枚買って下さいってところね。いいんじゃない?」

よしのは値段のほうを気にしている。

「なにしてんのよ。買って来なさいよ」

ケースを手に棒立ちになっている実景を、不思議そうに眺めた。

と、その眸《ひとみ》に剣呑《けんのん》な色が兆《きざ》した。

「ああー？」

危機を感じ、実景はレジに飛んで行く。女子高生のアルバイトらしい、制服の上にエプロンをつけた店員が、「いらっしゃいませ」と頭を下げた。

「ご自宅用ですか？」

問われて頷きかけ、いや、と思い直す。プレゼントならそれなりの包装をしてもらったほうがいい。だが、たかが三五〇円の品物を包めと言われても……また、受け取った藍川が鼻白むかもしれない。

「お客様？」

店員が呼ぶ。制服の上にエプロンをつけている。たっぷりのマスカラに、グロスを効かせたピンクの唇。

苦手な人種だった――得意な人種があるわけではないが。対応に詰まってもじもじするうち、どんどん空気は妙なものになって行く。

もはやなにも見えず、聞こえず、断崖絶壁につま先立ちでいるような感覚だ。

もうだめだ。そう思った時、

「自宅用でだいじょうぶですが、人にあげるので値札を取って下さい」

よしのが横目でこちらを睨んでいる。

「ありがとうございましたー」

声に送られて店を出ると、よしのは実景にビニール袋を押しつけた。

「はい」

「……」

「ったく、もう……まあ、仕方ないか。あんたに対女子高生戦を勝ち抜く勇気なんてないもんね。今日のところはこれで赦す」

怒り出すかと思ったのだが、よしのは案外優しく言った。

「なんか一筆《いっぴつ》つけなさいよ。カードならあるからさ。ありがとうございましたって」

「うん……ありがとう姉ちゃん」

実景は感謝の意を付け足すのを忘れなかった。

「まったく、あたしっていいアネキじゃん？　こんなに美しく優しい女性に、どうして春が来ないのでしょうか神様」

「姉ちゃん、彼氏いないの」

「悪い？」

「や、そうじゃないけど……大学の時の……」

あの坊主頭の読書家マッチョの他にも、家に来た先輩がいたはずだ。

「あんなの、とっくにサヨウナラだよ。なに言ってんの、あんた」

「会社にもいないのか」

実景にしてみれば、なにげなく問うたつもりだった。

しかし、よしのはそれを聞くと微かに眉根を寄せた。

非難するような表情に、実景は焦った。打ち消す言葉をいくら捜しても、出てしまったものは回収できない。

「——いないよ、会社になんて」

ややあって姉は言い、またもや実景は危機を脱出した。

「会社の人間になんか気、赦してないって言ったでしょ。あそこは、お金を頂くために働きに行くところ。時間と賃金を物々交換するだけ」

なにかむきになっているようにもとれた。しかし、それがなんでなのかなんて、実景には判らない。

「ふーん。理想が高いんだな」

「あたりまえよ。笹尾よしの二十四歳、まだまだクリスマスもイブでございます」

鍵をくるくると回しながら、よしのは車に近づいて行く。

さっきの表情が気になっていた。会社で、男がらみでなにか厭なことがあった……？　だが、よしのには少なくとも今ここで弟に打ち明ける気はないらしい。

「外」に触れるということは、それだけ多く傷つくことだ。肉親にも話せないような体験を重ねるということだ。

なぜ姉は耐えられるのだろう。姉も母も、他の人間も。

駐車場を斜めに過ぎるよしのを追っていると、反対側を渡ろうとしている自転車と行きあった。自転車は実景の行く手を遮り、キコっとハンドルが曲がった。

「あ、すみません……」

実景はすぐに謝ったが、自転車に乗っていた男は、ちっと舌打ちをする。

こちらに蔑むような視線をくれてよこすと、立ち漕ぎで出口のほうに向かった。

胸がどきどきしている。実景はTシャツの上から心臓のある辺りを掴んだ。

「外」なんてこんなものだ。怖くて乱暴で、おっかない所だ。

思いはしたが、後悔はなかった。よしのがクラクションを鳴らしてよこす。

急いで車に駆け寄りながら、実景は手にしたビニール袋を握りしめた。

さんざん迷った末、よしのがくれたカードに「MDありがとうございました」とだけ書き、実景はケースを姉に託した。猫の写真のカードだった。猫好きのよしのは、さまざまな猫グッズを持っている。

その日は夜は飲み会ということで、よしのは深夜に帰宅し、ばたばたと風呂に入る。早く寝たそうだったので、実景は心配事を翌朝に持ち越した。藍川のくれたMDを繰り返し聴いて、「ABC殺人事件」と「葬儀を終えて」を読破した。よしのから譲り受けたクリスティーを、ここのところ読んでいる。文章が平易で読みやすい。それに、うまそうな料理の描写が何箇所も出てくる。よしのもそこが気に入っていると言っていた。それがあればミステリとしてへぼくても全然いいという意見には賛成できないが。

幸か不幸か、途中で真相に気づいたり、犯人を当てたりすることなく今のところは愉しめている。

六時になったので、エアコンを消して部屋を出た。仕事に行く支度をした寛子が、鍋をかき回している。味噌汁のいい香りが漂っていた。グリルでは、魚を焼いているようだ。その脇で、よしのが顔をしかめてオレンジジュースを飲んでいた。飲みすぎたのだろうか。

「あ、おはよミカ」

実景に気づき、手を上げる。

「藍川クン、ありがとうって」

まさに訊きたかったことを、姉のほうから言って来た。それはそれで、咄嗟《とっさ》に反応しかねる。

「そ、そう」

実景は言った。よしのがちらりとこちらを見上げる。

「喜んでたよ。でも、気を遣わないでってさ」

「や、こっちこそ気なんか遣わなくていいって」

「あたしに言えと？　莫迦ばかしい。君たち、直接話し合えよ」

「そ、んな……」

「はいはい。言ってないで、さっさと用意して、さっさと食べちゃってくれない？」

寛子がよしのを押しのけるようにして、味噌汁をテーブルに運んで行く。

よしのは立ち上がり、アジのひらきを皿に取り分ける。連携プレイで、テーブルにたちまち朝食の準備が整う。

「よかったわね、実景。お友達ができて」

「ひーっ、お、お友達だって」

味噌汁を啜りこみながら、よしのは茶化すように言う。

「だって、お友達でしょう？」

寛子に問われ、実景はえ、と返答に詰まる。

「とも、友達、かなあ……」

「変人同士お似合いじゃん。藍川クン、さっそくあのケース使ってたよ？」

「ほんと？」

頭の上に青空が広がったようだ。実景は声を弾ませた。

「今日も持ってくるんじゃないかなー……これこれ、そんなよだれ出してまで喜ぶことはないから」

「っ！」

周章てて口を拭った実景に、よしのがげらげらと笑い転げている。

「弟揶揄うんじゃないの。よしの、あんたこのところちょっと飲みすぎじゃない？　昨日も遅かったんでしょ」

「そんなでもないよ。そんなお父さんほど飲んでないじゃん。あたし、家では飲まないし」

「それにしたって……おつきあいはほどほどにしなさい。大酒飲み娘じゃ、お嫁のもらい手なくなるわよ？」

「最近、そんなことで退く男もいないからだいじょぶよ」

寛子の苦言にも、よしのは涼しい顔だ。

「まったく、へらず口ばっかりきいて」

母親はため息をついた。

「……ミカ、嬉しそうじゃん」

よしのはまったく関係ないことを言った。

言われて実景はどきりとした。藍川があのケースを気に入ってくれた喜びに浸っていたのを、言い当てられたような気がして恥ずかしい。

「あーあ。あたしも嬉しくなりてえなあ」

「てえなあ、なんて言わないの。ご飯終わったの？　早く支度しないと、間に合わなくなっちゃうわよ？」

いつもの馴染んだ朝方の光景が繰り広げられているだけなのに、なんだかわくわくした。こんな気持ちになったのは、久しぶりだ。エデンの新曲を、スカパーでうまく録画できた時と同じような……いや、それよりももっと嬉しいかもしれない。

「外」のことなど忘れてしまったほど、その時の実景は嬉しかった。


一週間ほど過ぎた。

「ただいまー」

姉のほうがいつも先に帰ってくる。

すぐに自分の部屋に入るのかと思いきや、実景のドアがノックされた。

実景はベッドに腹ばいになって「ゴルフ場の殺人」を読んでいたが、よしのが入って来たのに気づいて顔を上げた。

「はい、お土産」

よしのはなにごとか企むような顔で、茶封筒を差し出した。

「？」

「藍川クンから」

実景は本を放り出し、封筒を受け取った。

開けると、中から細長い紙切れが出てきた。

『EDEN LIVE TOUR——』

驚いた。

「……俺に？」

しばし茫然とした後、実景はやっと口を開いた。

「よかったら一緒に行かないかって」

「そ、そんな……」

思わぬ事態に、実景は困惑し狼狽した。エデンのライブ。考えたこともない。ライブに行くだなんて。

「俺、行けないよ。行けないだろう？」

たしかに魅力的な話だが、実際のことを考えると無理だ。よしのは実景のことを、藍川に話していないのだろうか。五年間ほとんど家の外に出たことがない生活を送っている弟のことを——言わないか。家族の恥をさらすような真似を、気を赦していない会社の人間になど話さないだろう。

するとよしのは、

「あ、そ。じゃ、藍川クンにそう言って。それ、適当に始末しといて。返さなくていいって言ってたから」

あっさり言う。

「始末って……」

チケットを捨てることもできない。でも、どうすれば……。それに、藍川に言えとは。

「姉ちゃん、返しといてよ」

「直接話せって言ったでしょ」

よしのは封筒を取り上げると、逆さにした。折りたたまれたメモ用紙が落ちてくる。

「藍川クンの携帯番号。自分のことは自分でやらなきゃね」

「で、でも」

「がっかりするだろうな。レコード会社でディレクターやってる友達に頼んで取ったみたいよ？　それ」

「……」

「あんたを誘うために」

「……」

「わざわざ」

どんどん追い込まれてゆく。実景はおおいに揺れた。そこまでして取ってくれたチケットなら、無駄にしたくはない。けれど、ライブに行くということは「外」に触れるということで、まして東京まで行くとなれば、電車に乗らなければならない。電車、と考えただけでふるっと身震いが出る。そんなに大勢の「外」と接触しなければならないなんて。

「じゃ、よろしく」

よしのは行ってしまった。

残された部屋の中で、実景はなおもライブのことを考え続けた。もちろん見たい。生のエデンの声を聴いてみたい。あの神経質に震える声が、CDを通さずに聴けるのだ。それはきっと、今まで味わったこともない感動的な体験だろう。

だが、電車に乗って東京まで、と考えると、とうてい実現不可能に思える。片田舎とはいえ、それなりに混み合う駅。行列して切符を買って……想像するだけで冷や汗が出てくる。

「外」で一杯の場所になんか、行きたくない。「外」に傷つけられたくない。

だからといって、藍川の好意を無にしてしまうのも厭なのだ。

気持ちは嬉しい。できる限り応えたい。でも——。

ぐるぐるする心を抱えて、実景は途方にくれた。

早めに連絡しなければならないことは判っていたが、その日は実景は藍川に電話をすることができなかった。会社から帰ってきたよしのも、何も言わない。「直接」話し合えばいいと思っているのだろう。つまり、藍川に関しては自分は手を引くということだ。実景が藍川に連絡しようがしまいが、関係ないと。

ぐずぐずしている間に、夜が訪れまた朝が来る。

ようやく決意したのは、三日目の午後だった。

父親の夢を見ていた。稚い、幸福だった日のことを。

リビングのソファに、父親が腰掛けていた。子どもの実景は、床におもちゃの車を走らせて遊んでいる。父親は新聞を読んでいて、実景に時々話しかけてくる。

それだけの夢だった。何の話をしたのか、目醒めた時実景はもう憶えてはいない。

ただ、父親は最後にこう言った。

『勇気が大切だよ、実景。勇気を持つことだ』

目を醒ます寸前に聞いた声は、いやに鮮烈に耳に残っていた。

勇気。

目をぱちぱちさせながら、実景はその語をぎゅっと握りしめた。

そう、大切なのは勇気を持つことだ。ライブに行くのも行かないのも、勇気がいる。

同じ勇気なら――「外」と触れることを選ぶ。行かなければ、エデンを聴くたびにぐずぐず後悔しそうだった。

目を擦《こす》りながら実景は起き上がった。時計は四時をさしている。

終業はたしか五時だ。仕事が終わってからのほうがいいだろう。

五時半になって、実景は子機を手にした。携帯は持っていない。持つ必要があると感じたこともない。持ったって、どうせ誰にもかけないし誰からもかかってこない。

緊張しながらプッシュボタンを押す。つながるまでの間、心臓がどきどき脈打った。

『――はい』

藍川の声。

「あ、あの……笹尾よしのの……」

『実景くん？』

藍川はすぐに気づいたようだ。

「はい、あの……チケット、ありがとうございました。それからＭＤも」

『いや……俺のほうこそ』

「ライブなんですけど」

実景はごくりと唾を飲み込んだ。

行きます、という前に、

『二十八日は平日だから……こっちのほうに……出てきてもらえるかな』

断られることなど予期していなかったのか、藍川は訥々《とつとつ》と言う。

「あ、はい」

早くも電車だ。心臓がぎゅうっと痛くなる。

『ブリッツはよく知ってるから、そこからは案内する』

待ち合わせ時間と場所を決めた。よけいな雑談などには入らず、用件だけ確認してすぐに切る。

それだけだったが、ひさしぶりの電話に実景は高揚した気分で子機を元に戻した。

焦った。

だが、怖くはなかった。藍川の声には愛想はないが、温かなものをたしかに感じさせるなにかがある。

わくわくして、だが電車に乗ることを考えると憂鬱で、実景は複雑な気分で椅子に腰を下ろした。昔、バラエティ番組の公開録画で地元の市民会館に家族揃って行ったことがあるが、生のステージを見るのはそれ以来ということになる。

本物のエデン。

この目で見ることができるなら、「外」なんかなんでもない。

無理やり自分に言い聞かせ、実景はひたすら愉しいことを考えるよう努めた。

期待と不安がない交ぜになった日々をしばらく送り、ライブの日になった。

待ち合わせは五時半だから、四時には起きていなければならない。睡眠剤を飲まずに実景はベッドに入った。だが目は冴えて、ヘッドホンから聞こえるエデンの声が頭蓋骨にびんびん響く。

眠るのをあきらめて、起きていることにした。早く来て欲しいような欲しくないような気分で時間が過ぎるのを待つ。

四時半に、実景は家を出た。駐輪場から自転車を引っ張り出し、駅に向かう。

時刻的に下校途中の中高生が多い。さまざまな種類の制服が連れ立って、また一人で、構内を忙しなく行き交っている。

もちろん制服以外の人間もぞろぞろ通るから、実景はひやひやしながらその波を縫って歩く。馴れない雑踏で、心拍数が上がった。こんなんでだいじょうぶなのだろうかと思いながら切符を買う。

上りの電車は、幸い空いていた。一番後ろの車両の後ろのドアから乗り、人のいない座席を選んで腰掛ける。ふうとため息をついた。

待ち合わせ場所……つまり姉の会社のある駅までは、四〇分ぐらいだ。途中で地下鉄に乗り換え、十分ほどして到着する。地下鉄はほぼ満員だった。

人の群れに揉《も》まれるようにして降りる。その頃になるともう、「外」のことなどどうでもよくなっていた。なにも考えられなかったのだ。大勢の「外」と触れ合ってまた揉まれて、それでも気力を振り絞って階段を上がる。

出口の隣にあるファストフードに入った。店内をきょろきょろ探したが、藍川はまだ来ていないようだ。

「いらっしゃいませ。店内でお召し上がりですか？」

制服を着た店員が、満面の笑みを湛《たた》えながら攻撃してくる。

「ご注文はお決まりですか？」
○円どころか逆に金を払ってもらいたくなる、殺人的なスマイル。おどおどしながらオレンジジュースを買う客に、不審の目を向けることもなくどこまでもスマイル。
「ごゆっくりどうぞー」

明朗な声に送られて、実景は窓際の一番端に坐った。

周りを極力見ないようにしながら、ストローを咥《くわ》える。冷たいオレンジジュースが、極限まで緊張した神経をほぐしてくれた。

やがて、見知ったような長身が窓の外を横切った。ドアの開く音、「いらっしゃいませー」という声。

「実景くん」

藍川はスーツ姿だった。サラリーマンだから当たり前なのだが、初めて見るスーツの藍川を前に、実景は一瞬声が出ない。急いで残りのジュースを飲み干した。

連れだって外に出る。夕暮れの風が冷たい。

「ここから七、八分の所だから」

「はい」

地下鉄の階段を下りて行きながら、交わした会話はこれだけである。

この電車も混んでおり、話をするような雰囲気ではなかった。電車の中では誰もみな無口だ。

無言で電車に揺られ、やがて目的地に着く。

ライブハウスまでの道は、緩やかな上り坂になっている。

「よく来られるんですか？　ここ」

黙っているのがだんだん怖くなって来て、実景はなんとか会話の糸口を見つけた。

「けっこう来る。出たこともあるし」

「バンドで？」

「一回だけだけどね」

「……チケット取ってくれた人って、その時の」

「そう。バンド仲間」

少し間がある。

「実景くんは、なにか楽器とかは――?」

「なにもできないです。姉がピアノを習っていたので、時々鳴らしてみたりするぐらい」

「ピアノは難しいね。譜面読めないから、全然判らない」

「最初からベースだったんですか」

「ギターを弾きたくてバンドに入ったんだけど、ベースがいなかったから」

ぼそぼそ会話をしながら坂を上がる。

ライブハウスに着いた。

既に三〇人ぐらいが、入り口の前に並んでいた。

行列を見て、実景は怯む。気づけば坂の下のほうから、続々と観客らしい人影が上ってきている。ここにはたくさんの「外」が集まるのだということを、今思い出したように心が竦み上がった。

「どうかした?」

「……怖い」

「え?」

「怖い……なんか、人が多くて……」

口にすると、恐怖は増幅した。

「人ごみ、ダメなほう?」

「……っていうか」

「一番後ろなら、どう?」

言いよどむ実景に、藍川が提案して来た。

「後ろ……」

「客は前のほうに押し寄せるから、満員でも後ろのほうはけっこう空いてる」

「はい」

「壁もあるし」

「……藍川さんは、前のほうで見たくないんですか」

「聴ければいい」

実景は小さな声で、「じゃあ、そうします」と言った。申し訳ない気持ちでいっぱいだった。ふがいない自分のことが、また嫌いになる。

「じゃあ、並ばずにここで待ってようか」

植え込みの柵に腰を下ろして、藍川は内ポケットに手を入れた。

「あ……」

実景が贈ったピルケース。

藍川は蓋を開け、白いタブレットをひとつ、口に放り込んだ。

「食べる？　ミントだけど」

断るのは悪いような気がしたので、実景は受け取った。甘味のほとんどないミントで、口の中がシュワーッと涼しくなる。

「これ、ありがとう」

青いケースが目の前で揺れる。

「や……安物だから」

言うに事欠いて、出てきたのはとんでもない一言だった。

実景は焦ったのだが、藍川はなんでもなさそうに、

「きれいな色だ」

ケースを夕陽に透かし、ポケットに戻す。

「……タバコ吸うんですか」

「吸わないよ……ここ一ヶ月ばかりは」

最近禁煙をはじめたようだ。

「その前は」

「会社にいる時はあまり吸えないから、一日一箱半ぐらい」

「……」

それが多いのか少ないのか、実景には判らない。家では誰もタバコを吸わない。

「いつぐらいから吸ってたんですか？」

「高二の冬。スキー旅行に行ったら、俺以外みんな吸ってて」

「スキーもされるんですか」

「されるってほどじゃないけど……実景くんは？」

「したことないです。姉ちゃんは高校の頃から、よく行ってるけど」

ここで姉の話などしてもしょうがないのだが、藍川は、

「そう……笹尾さんはアクティブだからな」

笑った。

不意に、この人がよしのをどう思っているのかが知りたくなった。

なんでそんなことを思ったのか判らない。実景は自然と、

「うちの姉って、どうですか？」

口にしてから、はっとした。

「どうって」

「いや、あの、会社でちゃんと仕事してるのかな……とか」

胡麻化《ごまか》すにしても、もうちょっとスマートなやり方があるだろうに。不器用な自分が情けない。

「笹尾さんはしっかりしてるし、気が利くし、仕事もできる。朗らかで明るいから、みんなから好かれてる」

藍川はよけいなことは言わないたちのようだ。短い言葉の中に、よしのの美点を数え上げ、会社での評判を教える。

だが、藍川自身がどう思っているのかはあい変わらず判らない。

「そう、ですか……」

実景は追わない。訊いたことを後悔していた。

「仲いいね、お姉さんと」

「えっ」

意外な言葉に驚いた。

「よくないの？」

「や……」

「ＭＤ渡した時、弟が喜びますと言っていたから、会話があるんだなと思って」

「はあ……」

そのぐらいで、「仲がいい」ということになるのだろうか。

「うちは妹なんだけど、親父はもちろん、兄貴となんて口きいてくれない。俺たちのと一緒に下着を洗うなとか言ってる」

よしのはそんなことは言わない。実景の下着も靴下も、普通に洗って普通に干す。折りたたんだものを部屋に届け、「そのパンツ、そろそろ棄てたら？」などと言う。

自分は、もしかしたらすごく恵まれているのだろうか……そんなよしのを、よけいなことを言わなければいいのになどと思っていたが、口もきいてもらえないよりは揶揄われるほうがずっといい。

「もし誰かが妹に俺への言付けを頼んだりしたら、冗談じゃない自分で言え、とか言われそうだ」

藍川はくすっと笑った。

その笑顔に見入り、実景はそういえば家族以外の人間と話しているということに気づいた。月に一度、カウンセリングで坂井に話をするのを除けば、ファストフードの店員とさえまともに口をきくことができない実景である。

それが、訥々とではあるが、藍川とは普通に喋り、普通に笑っている。

奇蹟が起きているのだろうか。

「そろそろ行こうか」

話が途切れ、藍川が立ち上がる。行列はなくなっていた。ぽつりぽつりと客が会場に入って行く。

場内は満員だったが、それでも一番後ろの列とその前の列の間には隙間がある。後ろにいる人間は、最初から勝負を放棄したように壁によりかかっていた。腕組みをしたり、ビールを飲んでいる客もいる。

ステージを見た。アンプと数本のギター、それに丸い椅子がぽつんと置いてある。あそこに、エデンが坐るのだ。

いよいよ始まるのだと思うと、心臓が痒いような、切ないような気持ちになった。見たいけれど、見ていいのだろうかと思ったりする。たまたま幸運でここに来られたが、自分はこの場にふさわしい人間なのか——。

急に場内が昏くなり、ざわめきが高くなる。左手からエデンの姿が現れると、ごおっという歓声になった。

実景は手を胸の前で組み合わせ、ステージに目を凝らした。エデンは華奢な身体つきで、Tシャツから伸びた腕が痛々しいほど細い。後ろで結んだ長い髪が、背中に垂れている。客席に向かって一礼すると、椅子に腰を下ろした。並んだギターの中から、アコースティックギターを無造作に手にし、抱える。

心臓はもうやみくもに暴れ回り、心拍数はどれほど上がっているか知れなかった。握り合わせた手が震えている。

だが、歌が始まると、騒々しかった胸のざわめきがぴたりと止んだ。

エデンの声——。

耳に馴染んだその声が、静かに実景の中に流れ込んで来る。大勢の「外」と触れ合っていることや、いじめられるかもといった恐怖も、どこかに消し飛んで行った。

細い糸が頼りなく、でも決して切れることなくステージからこちらへ、きらきらと伝わってくる。ギターの音色とエデンの歌声が、からまり合って一つの確かなメロディを作り上げ、実景の中に満ちて行く。勁くてはかないものに浸されているような、不思議な気分だった。

一曲終わって拍手が起きるまで、他に客がいるということを忘れていた。なにかもう、何も考えられないでただぼうっと突っ立っていた。

ちらりと隣を見ると、藍川がこちらを見ていた。昏くて表情がはっきりとは判らない。でも笑っていたようだった。実景はうつむいたが、すぐにまた顔を上げる。次の曲がはじまっていた。

MCもごく短く、ひたすらエデンは歌い続けた。CDでしか聴いたことのなかった歌が、立体的な形をとって迫って来る。実景もただひたすら、聴き続けた。願いであり、祈りでもあるようなそれらの歌を。細く震えるその声を。

「――くん。実景くん」

呼ばれて実景は我に返った。二度めのアンコールが終わって、客たちがぞろぞろと左右のドアから出て行くところだった。

終わった。

感動が、後からこみ上げて来る。ぞわりと鳥肌が立った。実景は両手で自分を抱きしめた。

「あっちに行こう」

外に出ると、物販でごった返す人波を横目に藍川は廊下の奥のほうを指した。

「えっ、で、でも」

「関係者以外立ち入り禁止」と書かれた紙が通せんぼしている。

「だいじょうぶ。友達がいる。挨拶だけして帰ろう」

「？」

なにを言われているのか判ったのは、ロープを乗り越えて楽屋の前まで行った時である。

エデンがいる。

この中に……心臓が再びばくばくしはじめた。

「そ、それは……」

エデンに会う、ということだろうか。ライブのように遠くからではなく、すぐ近くでエデンを見るということか。

藍川は普通にノックし、ドアを開ける。入ってすぐの右側に立っていた男が、「おう、藍川」と声をかけた。

本当に友達がいた。実景はどきどきしながら挨拶を交わす二人を見つめた。藍川がこちらを見る。

「すごいファンだっていう子。連れて来た」

男は実景を見た。短く刈り込んだ頭に、白いTシャツとジーパンという、ステージでのエデンと同じいでたち。口ひげをたくわえているので老けて見えるが、藍川とそう年は変わらないのだろう。

「あ――」

なにか言わなければならないと気ばかり焦り、結局なにも言えなくなる。実景は酸欠の人魚みたいに口をぱくぱくさせた。

言葉にならない――それどころか、衝立《ついたて》の陰で揺れた人影がこちらに現れたのを見て、反射的に背中をひるがえしてしまう。エデン――!

「あ、実景くん、実景くん」

藍川が周章てた声で呼んだが、実景はもう逃げ出していた。立ち入り禁止のロープを潜り、ロビーを横切る。

そのまま外に飛び出した。心臓が口から飛び出しそうで、風圧に手足はちぎれそうで、でもやみくもに走る。藍川の声を振り切るようにただ走り続けた。

気がついたら、全然憶えのない街路に出ていた。ネオンがきらめき、人が行き交っている。周囲には飲食店の入ったビルが立ち並ぶ。東京。大都会。

「あ……」

混乱したあまりに、自分がとんでもない行動に出てしまったことを知る。むき出しの「外」と対峙している。逃げ場もなく、追い詰められた場所で。

実景は動揺し、辺りを見回した。記憶にある風景がない。どこをどうやって走って来たのかも、まったく判らない。

迷子になってしまった。

来たこともない、よその町で。

胸が、さきほどまでとはまた別な感覚でどきどき言いはじめる。どうしよう。帰れない──。

もちろん、駅のあるほうを目指して歩けば電車に乗れるし、家に帰ることもできるのだが、その時の実景にはそんな発想はなかった。迷ってしまった、ということしか考えられなくなっていた。

──お母さん。姉ちゃん。

救けてくれる人は誰もいない。来るんじゃなかった。あの小さな部屋に閉じこもっていれば、こんなふうに見知らぬ街で迷うこともなかったのだ。なんで「外」に触れる気になんかなったんだろう。ああ、これが夢だったら、次の瞬間には家のベッドにいられるのだったら。

不安と恐怖で、歯がガチガチ鳴った。どうしよう、どうしよう。頭の中はその言葉だけになる。

と、

「ねえ」

後ろからぽんと肩を叩かれ、実景はひっと後退《あとずさ》った。

「怪しい？　俺、そんなに怪しい？」

まだ若い男だった。タオルを頭に巻き、雪駄《せった》を履いている。

「これ」

男は手に何か耿るものを持っている。

銀のブレスレットだった。あらためて眺めると、ビルとビルの間に布地が敷かれ、銀細工がずらっと並べられていた。男は露天商らしい。

「買わない？」

手のひらに載せられたブレスレットを見て、実景はふるふると首を振った。

「買わないか……っていうか君、道に迷ったんじゃないの？」

言い当てられて、顔がかあっと熱くなった。道行く人々は皆、迷うことなく歩を進めている。目的地をちゃんと知っているのだ。誰もやみくもに駆け出して、道が判らなくなったりはしない。

「どこに行くの」

しかし男はそんな実景を嗤いもせず、親切そうに訊いて来た。いや実際、親切だった。実景が答えると、ああそれなら、と言った。

「そこの信号右に入って、まっすぐ行くと坂があるから、それ上ったらブリッツ」

指を指して教えてくれた。

「ども、あ、ありがとうございました」

ぎこちないながらも、なんとか礼を言うことができた。

「どういたしまして。ってブリッツって今日、なんかあったっけ？」

男は職場に戻りながら首を傾げる。

「あ、あの、これ……」

ブレスレットを持ったままだった。突き出した実景の手を、男は押し返した。

「いいよ、それ、やるよ」

「え、で、でもっ、そんな」

「いいって。君、可愛いからサービスしちゃう。その代わり、今度会ったら、なんか買ってってよ」

顔を熱くさせたまま、実景は踵を返した。約束だよーっという声が聞こえる。

可愛い——なんて。

言われたのは初めてだ。いや、小学生の頃はよく言われたが、それは他人の子どもに対する社交辞令的なもので、自分は可愛いなどと思ったことはない。寛子やよしのが言うのは家族だから当たり前として、考えたこともなかった。自分に対する客観的評価といえばただ最悪で、生きていても意味のないダメ人間というだけである。

可愛い……。

自惚《うぬぼ》れてはいけないと思うが、なんとなく嬉しい。おかげで、引き返す道すがらすれ違う人を「外」と意識しないでいられた。

坂にさしかかった時、上のほうでばたばた足音がした。

「実景くん！」

藍川だった。

藍川は駆け下りてくると、

「よかった……見つかった」

実景の肩に手を置き、苦しそうに身体を折った。全速力で走ったからだろう。

「いた？」

さらに上のほうから声が訊ねた。複数いるようだ。

藍川は指でOKサインを作って宙に突き出す。

「よかったな。じゃあまた」

「ああ、ありがとう」

実景は竦み上がった。一連の流れから察するに、藍川は飛び出した実景を追ってきたのだろう。姿を見喪《みうしな》い、そのまま周辺を捜索していたものと思われる――楽屋にいたスタッフ何人かを巻き込んで。

自分が及ぼした、甚大《じんだい》な迷惑に、実景は凍りつく。いったいなんと言って謝ろう。大切な時間を、俺なんかのために費やして……。

「……ごめんなさい」

結局、そんなことしか言えなかった。目裏が熱くなり、涙がぽろぽろ頬を伝う。

「泣かなくていいから」

「俺、勝手な真似して迷惑かけて……ほんと、自分がイヤで……情けなくて」

「だいじょうぶ。気にしないでいい」

実景は手の甲で涙を拭った。

「急に飛び出して行ったから、びっくりしたけど」

「……ごめんなさい」

「びっくりしたんだよね。怖かった？」

「え……？」

実景がひきこもりに近い生活をしていることを、よしのが藍川に教えたのだろうか。ダサくてヤボな「藍川クン」に、家の中の恥をそうそう話すわけがないと思うが――。

「エデンが言ってた」

「エデン？」

「突然知らない大人たちの中に放り出されて、怖くなっちゃったんじゃないかって」

「……」

間近に見たのは一瞬だけだし、エデンは今も遠い人だ。

しかし、そのエデンが自分の裡《うち》で起きたことを瞬時に見抜いている。

不思議な気分だった。一言も言葉を交わしたことのない人が、自分のことを知っている。

思えば不思議でもないのだろうか。エデンの書く詞に共感し、同じ感覚を持っている人だと感じた。それはつまり、エデンにとってもそうなのだろう。

「エデンの言うのも判る。俺も子どもの頃人見知りで、家に客があるたび、挨拶したくなくて逃げ回ってたから」

藍川は、実景の頭にそっと手を載せた。

「ごめん。連れて行かなければよかったね」

実景はかぶりを振った。普通の人間なら、ファンであるアーティストに会えるというなら、喜んで楽屋にでもどこにでも行くだろう。話ができるかもしれない、とそのチャンスにときめくかもしれない。

藍川は自分を喜ばせようと思ったのだ。内気にもほどがある同僚の弟に、初めてのライブで大好きなエデンに引き合わせたら、少しは明るくなるだろうと配慮した結果だ。

「藍川さんのせいじゃないです……俺、俺のせい」

またじわっと涙が滲《にじ》んで来た。実景は周章てて、洟《はな》を啜り上げた。

「笹尾さんに叱られるな。泣かせちゃって」

藍川は、困ったように笑う。

その笑顔が眩しくて、この人がもっと自分に近い人ならよかったのに、などと思う。

だから、だろうか。

「俺、ダメ人間なんです」

気づけば告白していた。

「中学に入った時からいじめられて、学校行かなくなって、進学もしなくてずーっとあの部屋に閉じこもったきりりで。ほとんど外にも出なくて。お母さんや姉ちゃん以外の人とは口もきいたことなくて……」

口にしてみると、本当に自分がダメな人間であることがいっそう勁く感じられる。情けなかった。

「そうか」

「誰も口きいてくれなくて、そうでなければ笑われて、小突かれたり蹴られたり……笹尾サッカーっていうのがあって、ボール代わりに蹴られるんです。痛くて、怖くて……学校に行かなくなってからも、人が怖くて」

気味悪がられるか、同情混じりの説教をされるか。

実景は覚悟していたのだが、藍川の反応はどちらでもなかった。

目を細め、痛ましそうに実景を見る。肩に置かれた手を、実景は頼もしく感じてなおも話し続ける。

「そんな時、スカパーでエデンを見たんです。『砂の星』。聴いてて、なんか歌詞とかじゃなくて曲の……形みたいなのが感じられて、ああ、俺も生きていていいんだなあって。エデンがいなかったら俺、今頃死んでるかもしれない」

「……。知ってたら、楽屋になんか連れて行かなかった……悪かった」

藍川は頭を下げる。

「そんな……藍川さんのせいじゃないですから。姉ちゃんには言わないで下さい。俺も言わないし」

「言えない。弟さんを怖がらせたなんて。笹尾さん怖いから」

実景は唇を上げて笑おうとしたけれど、うまく笑えなかった。

「誘わなかったほうがよかったんだろうか……」

藍川は思慮深げな表情になる。

「あ、いえ、ライブはよかったです、ほんと。俺なんかを連れて来てくれて、藍川さんは神様のような人です」

「それは言いすぎ」

苦笑する藍川に、

「俺、知らなかった。エデンの顔とか背の高さとか……そういうの知らなかったから……生で歌声を聴いたり、会えたりするのなんて……考えたこともなかったから。嬉しかったです」

実景はなんとか今日の感動を伝えた。

「そうか。よかった」

藍川はまたあの、温かな笑顔になる。

「厭な思い出にならないなら、よかった——帰ろうか」

藍川は庇うように実景の肩を抱き、歩き出した。

こんなに人と接近したことがない。実景は一瞬はっとした。

けれど、それは決して悪い気のするものではなかった。

むしろ、ほとんど気持ちがいい、と言ってしまってもいいかもしれない。藍川の腕が、肩に回されているこの感じ。

ふだん、他人とすれ違う時などに、ぶつかったらどうしよう、急に声をかけて来たらどうしよう……そんな妄想めいた恐怖に駆られる自分なのに、この心地よさはなんなのだろう……。

「ほとんど外に出ないって、たまに出ることもあるの」

藍川は、ゆっくり坂を下って行きながら訊く。

「月イチでカウンセリングに通ってるから……」

もう藍川には、自分が普通でないことを知られている。この上隠すこともなかった。

「カウンセリング？　ああ——」

藍川は納得した様子だった。

それきり話すこともなく、しばらく無言のまま歩く。

往路ほどには、沈黙が怖くなくなっている。不機嫌で黙っているわけではないことを、お互い知っているからなのだろうか。無理をして話題を探さなくとも、藍川には思っていることが通じるような気がした。迷子のことはもうどこかに消えてしまって、はじめてのライブの昂奮が身体に染み渡っている。

「また電話してもいいかな」

切符を買ってホームに出ると、藍川がぽつりと訊く。

「え、えっ、あ、俺、に？」

実景はびっくりして問い返す。

「時々でいいから、エデンの話とかしよう」

「は、はいっ」

実景は元気よく答えた。心がはずむ。藍川は、あんなことがあってもまだ自分とつきあってくれる気があるようだ。ヘンな、不気味な奴とも思われていない。電話をかけていいかと訊いている。藍川のほうから、希んでくれている。

心の中にぽっと灯りがついた。まだ小さいけれど、確実にそこで耿っている。

それと同時に、別の不安が実景を襲う。こんなにいいことばかりで……だいじょうぶなのだろうか。信じていいのだろうか、幸運を。人は豹変する。笑っていると思ったそばから殴られる。陰気だキモいと嫌われる。意味も判らないまま避けられる。

理由もなくはじき出されるのは辛い。

疑いながら人と触れるのは哀しい。

藍川とは、そんなふうに触れ合いたくはないのだ。

信じよう……実景は心の中でそう呟いた。

どうしてなのかは判らないけれど、藍川は他の人間とは違うという気がしていた。お母さんや姉ちゃん……それと先生のグループに入る人。まぎれもなく「外」なのに、なぜだか勝手にそこにカテゴライズしている。

「——あ、でも俺、携帯とか持ってないです」

「家の電話にかけるから……夜になると思うけど」

「夜は俺、起きてるからだいじょうぶです、何時でも」

「いや……そんな非常識な時間帯にかけることはないと思う」

藍川は眼鏡のブリッジを指で押し上げた。

藍川の現在の住まいは実景と同じ町にあり、駅の向こう側らしい。聞けば、徒歩三十分ほどの距離だった。

「だから、駅までは一緒に帰れる」

パアアンと叫びながら、地下鉄がホームに滑り込んで来る。

満員電車もバーゲンセールも、今ならきっと怖くない。

藍川が一緒だから……そう思うと、安心した。

こんな気持ちを、なんと呼べばいいのだろう。肩が触れている右側を意識しながら、実景は幸福感に包まれていた。


あの露天商からもらったブレスレットを、実景は姉にプレゼントした。

「うわあ、可愛い！」

朝の食卓で渡すと、よしのは蛍光灯に透かしながらはしゃいだ。はじめてまともに見ることになったブレスレットは、ハイビスカスの花が連なっている凝った銀細工で、蛍光灯の光を受けてきらめいた。

「これもツアーグッズなの？」

その後、不思議そうに首を傾げる。

「いや……なんか売ってたから……」

エデンの楽屋まで連れて行ってもらったこと。本人を前にしてパニックに陥り、結果的に藍川に迷惑をかけたことなど、やはり言えない。

「売ってたから買ってくれたんだ。じゃあ、今度はクロエのショップに行ってみてよ。いっぱい『なんか』売ってるから」

「よしの。実景を揶揄うんじゃありません」

味噌汁をよそっていた寛子が口を挟む。

「ふぁーい。あーあ、脆弱《ぜいじゃく》な弟を持つと大変だわ。親は露骨にひいきするし」

「ひいきなんてしてません。で、どうだったの実景。電車にちゃんと乗れた？　パニックにならなかった？　ライブなんて、大勢人が来るんでしょう」

母親も着席し、朝食がはじまる。

「電車にも乗れたし、ライブも怖くなかった」

「ライブってどうなん？　ダイブなんてもちろんないよね。みんな坐って、指を組んで、エデンさまのお歌をありがたく拝聴してるって感じ？」

「そ、そんなんじゃないよ。べつに普通な感じだよ。誰も拝んだりしてないよ」

「べつに普通って、あんた他のライブなんて行ったことないじゃん」

「……」

「歌は聴きたいとは思わないけど、その画《え》には興味あるなあ。どんな客層なんだろうか。全員オタクって感じ？」

「普通だって言ってるでしょ」

母親が引き取り、よしのを睨む。

「……ライブに行くような奴は、多かれ少なかれみんなオタクなんじゃないの？」

「あら」

よしのは面食らった様子で、

「そう来ますか。するとあたしも……って、べつに誘われればよっぽど嫌いな奴じゃない限り行くけどね、ライブぐらい」

反論して来た。

「いや、そう思ってるけど心の中ではファンなんだよ。オタクの萌芽《ほうが》が見えます」

「……ミカ、あんたキャラ変わった？」

「べつに」

実景は味噌汁を啜り込むと立ち上がる。

「昨日、なにかあったのね？」

鋭い。ぎくりとしたのを悟られないよう、素早く踵を返した。

「ごちそうさま」

「なっまいきー」

よしののブーイングが背中にはじけた。

いつかかって来るか判らない電話を、それからの実景はひたすら待つ毎日になる。部屋に子機はあるが、呼び出し音が鳴っても実景が出ることはほとんどない。姉か母親がいる時には、彼女らが受話器を取る。昼間にかかってくるのはだいたい勧誘の電話だから出ない。留守電設定にしてあるので、用のある人は吹き込むだろうし、途中で切るのは勧誘か、大した用もないか、いたずら電話。

という実景の見解を、よしのは「自分勝手すぎ」と詰《なじ》るし、自分でもその通りだと思うが、一度英会話教材の勧誘にうっかり応じたところ、一時間ぐらい粘られて契約してしまった。帰宅した母親と姉により、即行で解約となったが、その後よしのはぶうぶう言わなくなった。

家にいても、電話番すらできない自分が情けない。これではいけないと思うのだが、誰もいない家にだしぬけにベルが鳴り響くと、心臓が竦み上がる。毛布をひっかぶってやり過ごすしかないのだ。

それが一転、電話がかかってくるのを心待ちにする毎日である。夕方になるとそわそわしはじめて、食事中も電話に気をとられている。ベルが鳴ると、誰よりも早く飛んで行って受話器を摑む。

この実景の変化を、もちろん母親も姉も見過ごすわけがない。

「なんなの、ミカ。急に電話と仲良しさんなんて、なんかあった？」

よしのに問われ、実景は、

「や……なんもないけど……やっぱ電話ぐらいは、出られないと。俺もいい年だし――」

しどろもどろに言い訳をする。

「ふーん」

姉は胡散《うさん》臭そうに実景を眺めていたが、やがて肩を竦めると、

「じゃ、日中の電話にも出られないとだよね？　もちろん」

にやりとした。

まさにやぶへびである。

「えっ」

実景は驚いたが、よしののにやにや笑いを眺めるうち、ささやかながら闘志のようなものが湧いて来る。

ようになった。


「それはけっこう。頼もしいこと」

莫迦にしやがって。

しかし、姉の挑発はプラスの方向に働いたようで、実景は日中かかってくる電話にも出るようになった。

まあ、だからといって急にそんな大事な電話などあるわけもない。日に三回ぐらいの割合でかかってくるのは、やはり勧誘の電話だ。

『笹尾さんでいらっしゃいますか？　こちらセントラルリフォームサービスと申します。今日はお宅のリフォームを――』

「……すいません。僕留守番なもので、よく判りません」

丁寧に頭を下げて、実景は電話を切った。

子機を置いて、ベッドに寝転がる。

電話なんか、かかってこないじゃんか……。

だが藍川を恨むのもまた、筋違いというものだ。電話すると言っただけで、いつ、何時ごろにかけてくると約束したわけではないのだ。

藍川のことを考える。ぼそぼそ喋る低い声と、温かいものの通う眸。よけいなことは一切言わないが、それがかえって信用できる人という感じがする。いじめがまだクラス全土に広がる前、かばってくれた女の子がいた。クラス委員だった彼女は「私がついてるから、だいじょうぶ」と実景を励ましてくれた。

　実景もその言葉を信じて、一人でも味方になってくれる人間がいるのならと心を勁くしたのだが、委員長までが実景を揶揄いはじめると、彼女は一転、いじめ側に回ってしまった。

　他人なんか信じたからだ。実景はあきらめた。

　いや、ほんとうはあきらめてなんかいないのかもしれない。今、こうして藍川という味方が現れて、その人を信じようとしている自分はなんなのか。信じれば信じるほど、裏切られた時に負う痛手は深い。

　藍川だけは違うと思っている。なんでそう思うのかは判らない。実景を傷つけたところで、藍川にはなんの利もない。しかし、個人としてはなんら得るところのないいじめに、クラス全体が加担していたのも事実である。根拠にするには弱い。

　なら、なんであの人が特別なのだろう。

　藍川を思うたび、ふっと胸が温かくなる。顔を見て、話をするだけで安らぐ。

　自分が藍川を好きだからだろうか。母親や姉を好きだというのとはまた、違った感じの「好き」である。彼女らに優しくされても、胸がときめくようなことはない。

　こんな気持ちは、そう、小学校四年生で同じクラスの女の子を好きになった時と似ているかもしれない。思えばそれが実景の初恋だった。それ以来、実景は誰も好きになっていない。

……ということは、自分は藍川に恋愛感情を抱いているのだろうか。

ぎょっとして、実景は身を起こした。

まさか、そんな。

他に誰もいないからだ。実景は自分に言い聞かせた。母親と姉以外には誰もいなかった世界に、ある日新しい登場人物が現れたから、珍しいから、興味をひかれ、恋したような気がしているだけだ。

それになにより、そんなのは藍川にはいい迷惑だ――。

実景はのろのろと立ち上がった。今日はクリニックの日である。


診察室は、いつものようにしんとしていた。デスクの横に腰かけた坂井が、向き直る。ノートパソコンと床に積み上げられた本。

「さて、このひと月、いかがでしたでしょうか」

問われて、実景は、

「べつに……」

と言いかけた。いつも同じやりとり。言いかけて、止まる。

「どうしましたか?」

「あのー……と、友達、が、できたかもしれないです」

坂井はほうという顔つきになった。

「すばらしい」

「や、まだ向こうがどう思ってるのかは判らないし、なんか……その『外』かもしれないし……」

「『外』というのは、あなたを攻撃する他人、もしくはそうした意識、感情を指すということでしたね？　しかし、今のあなたは『外』のことが知りたい、自分を知ってほしいと思っている」

「や、あの……」

「友達になるというのは、そういうことです。その人と接して、どうでしたか？　嬉しかった？　やっぱり『外』はダメ？」

「いえ……」

嬉しかったのは事実なので、実景は「なんか違う」と思いつつも頷かざるを得ない。

「『外』はあい変わらず怖いし、関わりたくないけど……」

「でも、今、あえて『外』と触れ合おうとしている。進歩しましたね」

「あの、でも、一人だけだし……」

「一人でもけっこうなことです。あなたに足りないのは、他者への関心であり、他者を思いやる心です。お母さんやお姉さんとはうまくコミュニケーションがとれているわけですから、あとは赤の他人を受け入れて、コミュニケートして行けばいい。それができれば、ここに通う必要もなくなります」

坂井は、整った面をほころばせる。

「うざい精神科医に、私生活のことをほじくり返されたり、よけいなお世話をされることもなくなるんですよ？」

笑うところなのだろうか。実景は口の端だけをゆがませた。

「さて、では、生まれたての友情を大切に育んで下さい」

「あの、でも先生……その人のことを好きになったら、どうしたらいいんですか？」

おそるおそる訊ねてみた。

「なおすばらしいです」

坂井は迷ったふうもなく答えた。

「性別、訊かないんですか？」

「好きになるのに、性別は関係ないでしょう。時には種も……あなたの好きな他者を、大切にして下さい」

性別は関係ない……待合室で薬を待つ間、実景はその言葉を何度も頭の中で繰り返した。

べつに男を好きになってもかまわないのか。好きになったら関係ない――。

藍川の顔が浮かんだ。たまらなく会いたい、と思い、そんなふうに思うのはやっぱり好きなのだ、母親や姉とは違う他者としての藍川が好きなのだ、という結論に達した。気づいたところで、どうにもならない恋心ではあったけれど。

夕食を終えて立ち上がった時、電話が鳴り始めた。

びくりとして、実景は電話に駆け寄った——よしのが面白そうに眺めている。受話器をとった。

「はい、笹尾です」

『実景くん？』

心臓がわっと摑まれた気がした。

「は、はい」

『土曜日、時間があれば写真展に行かないか？　友達の個展なんだけど』

藍川は都内の高級百貨店の名を口にした。

「えっ……」

実景は誘われたことにまず驚き、そして展覧会だということに躊躇《ちゅうちょ》した。そこにはやはり、「外」が渦巻いているだろう。なにより東京。ライブでの苦い体験が、まだ心にかさぶたを作っている。

にも関わらず、

『あんまり外に出る気がしないなら、来なくてもいいけど——』

「い、行きます。ぜひ行きたいです」

思わず言っていた。よしのがくくっと笑う。

『じゃあ、十時に、駅で』

「じ、じゅうじ？」

寝ている時間帯だ。

『遅いか。じゃあ九……』

「や、遅いんじゃなくて……い、いや、だいじょうぶです」

『無理してない？　平気？』

「平気です。こないだみたいにはならないです……たぶん」

弱気に付け加えた言葉に、藍川は笑った。

『俺はいいけど。君になにかあったら、お母さんやお姉さんに悪いからね』

なにげない一言だったが、実景ははっとした。夜の大都会を暴走した時、迷子になったあの時、心細く不運な自分を嘆くばかりで、母親や姉が心配するといったことは少しも考えなかった自分が、ひどく情けない。

「なあに？　デート？　今度はどこ？」

電話を切ると、興味深げによしのが訊いて来た。

「友達の写真展だって」

「今度はカメラマンか。なんであの地味な男の、交友関係だけは派手かねー。そのうちモデルかタレントでも紹介されるんじゃない？」

「そうなったら、サインぐらいは貰ってやるよ」

実景が返すと、呆れた顔で、

「お返しのプレゼントひとつ、一人じゃ買いに行けなかったあんたがねえ」

笑った。

嗤ってはいない。弟の進歩を認め、ともに喜ぶという響きがある。よしのはそれきりテレビに集中し、実景は部屋に戻った。土曜日、何を着て行こう。


約束が十時なので、実景は前の晩、眠剤を早めに飲んでベッドに入った。夜寝て朝起きるなんて、何年ぶりだろう。六時きっかりに目を覚まし、窓のほうへ飛んで行く。

カーテンを開けて外を見た。梅雨時のどんよりとした雲が空を蔽っている。

雨降りでなかったことに感謝することにして、実景は部屋を出た。

土曜日でも母親は早い。もう起きて、食事の支度を始めている。

「あらおはよう。昨日は夜寝たの？」

実景が頷くと、嬉しそうな顔になった。

黙過《もっか》しているようで、息子の不規則な生活ぶりをやはり憂いていたのだ。

実景は申し訳なさでいっぱいになった。そして、そんな気持ちになった自分に驚いた。自分が普通と違っていることで、母親や姉に負担をかけているのかもしれないと今思った。今までそんなことを感じたことはなかった。

藍川の声が耳の奥に蘇った——君になにかあったら、お母さんやお姉さんに悪い。

知らずしらずのうちに、影響を受けたのだろうか。家族だというだけで、こんな自分を受け入れ、赦してくれている。それをもっと感謝しなければならなかった、ということを藍川は教えてくれた……たとえ偶然にせよ。

「ぼーっとしてないで、顔洗って来なさい。目やにがついてるわよ。今日は早くに出かけるんでしょう？」

母親に促され、実景は洗面所に向かった。

二人の朝食が終わっても、よしのは起きて来なかった。

片付けをすませて、部屋で着替えている時、ようやく向かいのドアが開く気配がする。

「おっはよーっす……」

あくび混じりの第一声が聞こえた。

九時半に実景は家を出た。寛子が車で送ってくれると言うので心が揺れたが、休みの日にそんなことをさせるのも悪いと思い、自転車で行くと答えた。

「あっらー。殊勝なこと。ダンナ、やっぱデートってそんなにうきうきするもんすか？」

よしのに冷やかされながら、玄関を出る。茶化すんじゃないの、と母親のたしなめる声。

ヘッドホンをかぶって自転車を漕ぎ出す。すぐに車道に出て、駅への道を車の群れと並走することになった。

土曜日の午前中、デパートが開店する時刻ということでか、駅前はけっこう混雑していた。

同じように自転車に鍵をかけている少年がいる。身軽な動作で駅舎の中に消えて行く。なんの迷いもなく混雑の中に入ってゆける彼が少し羨ましくなる。

同じように階段を上がろうとした時、

「実景くん」

藍川が手を振っている。

どきりとした。恋心を意識してから会うのは初めてだ。藍川はなにも変わりのない様子で、Tシャツにジーパンというスタイルで、そこに立っている。

「おは、おはようございます」

内心の動揺を押し隠し、実景は必要以上に丁寧に頭を下げた。

「あ、お、おはよう」

藍川はやや面食らった様子だ。

「……今日、車で来たから」

ぼそりと告げる。

「そのほうがいいような気がしたから」

「……すいません」

人ごみ、というより人間全般が苦手な実景のことを藍川は配慮してくれたのだろう。家族以外で自分を思いやってくれるのなんて、藍川ぐらいのものだ。実景は心の中で藍川に感謝した。

ロータリーに藍川の車が停まっていた。紺のサーブ。

藍川らしい車だ。雑誌やお菓子の食べかすなどもなく、清潔ですっきりした車内。

「道が混んでるから、デパートも混んでるかもしれない」

走り出してから、藍川がぽつりと言った。

「あ、はい。だいじょうぶ、です」

実景は自分自身に言い聞かせるように請け合った。

「怖くなったら、すぐに言って。我慢しないで」

「はい。藍川さんて、優しいんですね」

心に浮かんだことが口をついて出た。言ってから実景はしまったと思ったのだが、藍川は、

「優しくないよ」

ふっと笑う。

「優しいですよ」

「……。実はよく言われるんだけど、俺はべつに善人とか親切な人っていうんじゃないし
……自分がそうしたいと思ったことしかしないから」

では今は、実景に優しくしたいと思っているのだろうか。

──なんで？

そもそもなんで、俺を誘ったの？

意識すると、胸がどきどき言いはじめる。だめだだめだ、こんなところで動揺しちゃ。藍川はなにも知らない。自分なんかに恋されていると知ったら、どう思うだろう。

予想のつかないことは、いつだって怖い。実景は考えないことに決めた。

「音楽聴く？」

藍川の言葉に頷いた。

車内に、エデンの声が流れ出すと、実景はほっとしてシートに深く腰かけた。

「ドライブで聴くような曲じゃなかったな」

いきなり「君がリスカした夜に」というフレーズからはじまる曲で、ドライブもそうだが、おめでたい場などでは決して流してはいけないだろう。

「俺は好きですけど」

「うん。俺も好き」

藍川はこちらを見る。眼鏡の奥の眸がきらめき、実景に笑いかけた。

どきんとして、実景はその笑顔に見とれた。次にはまずいと思い直し、笑顔を返そうと口許を緩めた。

藍川は目を細め、ちょっと困ったように前に向き直った。

やがて高速に乗り、都内のインターチェンジで降りた。

催しのあるデパートまではあと少しだ。

車窓に流れる景色が、灰色の建物ばかりになり、実景は緊張した。東京。威嚇するように立ち並ぶ高層ビルの群れ。

街中に入ると、歩道を行き交う人間の量は地元と較べものにならなくなる。

ここには、考えられない量の「外」がある。

実景は心の中で祈った。あまり怖いことが起きませんように——ひどいことにならずにすみますように。

目的地には着いたが、駐車場に入るまで少し時間がかかった。

ようやくデパート内に入り、エレベーターに乗ったところで実景は早くも呼吸困難に陥った。買い物客が次々と乗り込んできて、狭い箱の中が満員になってしまった。

「実景くん――降りよう」

腕にかけられた藍川の手を、実景はぎゅっと摑んだ。

「だ、だいじょうぶです」

「でも……」

「七階なんてすぐですから」

隣に立っていたOL風の女性が、不思議そうに二人を見ている。

実景はうつむき、吐き気を堪えた。上の階でエレベーターが止まるたび、人が入れ替わる。しかし、人口密度はいっこうに低下しない。

首筋を冷たいものが伝った。喉がからからになって唾液が気管の壁にへばりつく。実景は何度も唾を飲み込んで苦痛に耐えた。

「着いた」

ほっとしたような藍川の声。ここで降りるのは二人だけらしい。急いで外に向かう。その段になって初めて、実景は藍川の手を摑んだままだったことに気づいた。

「あっ、ご、ごめんなさっ」

顔が熱くなり、実景はぱっと手を放した。

藍川は笑って、

「放さないほうがいいと思う」

実景の手をとる。

「あの……」

「はぐれないように」

「……」

意図は判るが、自分なんかと手をつないで、藍川は気持ち悪くないのだろうか。男同士である。街中で手をつないだ男同士を見たら、実景だって二人の仲を邪推する。

どぎまぎしつつ狼狽えていたのだったが、藍川はなんでもなさそうに歩いて行く。

降りたところがすぐ、受付になっている。芳名帳が置いてあった。藍川はその前を素通りする。

実景もそれに続いた。受付の横に「横山穣二《よこやまじょうじ》写真展・明日を見つめて」という看板が立っている。

藍川に手を引かれながら、実景は展示されたパネルをたどった。

人物写真が多い。北国らしい雪に埋まった家をバックに、老婆が輝くような笑顔を見せている。漁船の上では屈強な海の男が、進学塾の前ではバッグを斜めがけにした丸刈りの少年が、いずれも笑顔で写っている。

明るくたくましい笑顔だ。皆、誇らしげに胸を張り、こちらを見つめている。

未来を信じ、摑み取ろうとする者の笑顔だ。

自分にはこんな顔で笑える瞬間などない。昏い気分になりかかったが、次に天真爛漫そのものの赤ん坊の笑顔を見て、なんだかほっとした。

いつしか藍川の手が離れていたが、実景は気づくこともなく熱心に写真に見入った。

反対側のパネルは、世界各国の人々を撮った写真だった。ニューヨークの雑踏で、イタリアの漁師町で、プラハの路上で、人々はやはり満面に笑みを浮かべている。

なんと言ってカメラを向けられれば、彼らはこんな笑顔になるのだろうか。

パリのサンジェルマン広場でパフォーマンス中の大道芸人の笑顔――きっとなにか失敗した後なのだろう――、その屈託のない表情にふと魅せられて、実景はその前でしばし足を止めた。

「その写真が気に入った？」

ふいに声をかけられ、ひゃっと飛び上がる。

振り返る。知らない男が笑っている。

「……」

声が出ないでいる実景を庇うように藍川が一歩出る。

「ひさしぶり、ジョー」

「おう、修。やっぱりお前は来てくれたんだな」

男は嬉しそうに言う。

「いつミラノから帰った？」

「今朝の早い便。実はかなり時差ボケ」

するとこの男がこれらの写真を撮ったカメラマン――横山穣二なのだろうか。日に焼けた顔をほころばせ、藍川に対峙している彼が？　人々から、あのとびきりの笑顔を引き出した魔術師なのか。

「高校の同級生、横山」

ぽかんとしている実景に、藍川が横山を紹介する。

「こ、こんにちは……」

実景は周章てて頭を下げた。足も声も震えたが、この前みたいに、紹介もされないうちから逃げ出してはいけない。それは藍川に恥をかかせるということである。

顔を上げると、横山が面白そうにこちらを見下ろしていた。

「彼は笹尾実景くん。友達」

藍川の口からその語が出るのを聞いて、実景ははっと胸を衝《つ》かれる。

友達。藍川の認識は「友達」なのか。なんでもなさそうに「友達」と言った。こんな俺のことを友達だと言ってくれた。

「だいじょうぶ？　ミカゲくん」

横山がこちらを覗き込んだ。

「なんか泣きそうなんですけど。俺、なにか悪いことしたかな？」

「ジョー。いいんだ、彼は。心配しなくても」

藍川はさりげなく実景の肩に腕を回した。

「何歳？　なんの友達だよ、こんな若くて可愛い子」

また「可愛い」と言われた。心臓の音が速くなる。どきどきして、まごまごして、今すぐ誰もいない所に行きたいと思う。でも、ここで逃げたらまた同じことだ。後悔して泣くことになるのだ。

「エデン友達」

「はあ？　ああ、……エデンな、はいはい」

横山は顎に手をやった。実景の頭からつま先までを一瞥《いちべつ》する。

「俺はあんまり日本にいないんで、よく判らないんだが、エデンてのはあれか、その後大ヒットしたわけ？」

「いや。お前が認識してる程度だろうな、知名度的には」

「そうかあ。まあそうだろうな……って『まあ』って失礼だよな。飯でも食いに行く？　二〇分ぐらい待ってくれたら出られそうなんだけど」

「いや、せっかくだけど……」

藍川は実景を見た。包み込むような眼差しに、びくついていた心がほっとする。

ここで、勇気を奮いたたせなければならない。

「あの、俺ならだいじょうぶですよ」

横山に、藍川を「つきあいの悪い奴」だとか思ってほしくないのだ。実景は汗ばんだ手のひらをぐっと握りしめた。

「そうか。じゃあ、どこかで待っていようか」

「この上にレストラン街がある。そうだな、『イル・ムゼーオ』ってイタリアンの店がいいかな」

「イタリアンでいい？」

藍川に問われ、実景は頷いた。


上の階のレストランで、窓際の席に向かい合って坐ると、藍川は、

「ほんとにだいじょうぶ？」

心配そうに実景を見た。

「はい。あの人悪い人じゃなさそうだし……もしかしたらこっち側かもしれないし」

「こっち側？」

藍川におうむ返しにされ、実景は返答に詰まる。

坂井にしか話していないことを、今、藍川に話してしまっていいのだろうか。

とても恥ずかしいことだと思っている。好きな人になんて話せない。でも話さなかったら一生自分を理解してもらえないままだ……。

「あの、学校行けなくなった時あたりから……」

結局、実景はぼそぼそと語り始めた。

「世の中のほとんどが、俺とは全然相容れない、言葉も通じない違う世界の人間ばかりみたいに思えてて……いじめられるのは、俺がみんなと違う世界にいるからだろうって……嫌わないのはお母さんと姉ちゃんぐらいだから、二人は俺の側だけど、あとはもう、みんなあっち側で、『外』なんです。『外』っていうのは、家の外って意味ではなくて、他人のことを言うのでもなくて、俺を否定するもの全部をひっくるめて『外』って言ってて……」

言葉にすると、ずいぶん簡単なんだなと思った。何年間も取り憑かれ、悩んでいたことである。もちろん細かい部分やなにか、ここでは語りきれないほどあるが、根本は一言で説明がついてしまうことなのだ。初めて気づいた。

実景は口を閉じた。藍川はテーブルに置かれた砂糖壷をじっと見ている。

「なんとなく、判る」

しばし間をおいた後、藍川はそう言った。

「俺も時々、自分はこの世に愛されてないなと思うことがある。失敗した時とか上司にいやみを言われてる時とか。他にももっと――。まあ、一瞬なんだけどね。聞いたことはないけど、ほとんどの人間がそういう気持ちになったことがあると思う。思わないのは赤ちゃんぐらいじゃないか。タバコ……今は禁煙中だけど、一本吸ったら忘れるようなことだ。コーヒー一杯、おいしい食事一回、おもしろい漫画一冊……普通はそれで忘れられる」

実景は黙って聞いていた。藍川が真摯に受け止めてくれたことが、ぽつぽつと途切れる言葉のうちに滲んでいる。

「――忘れることができなかったんだね」

同情というより同感だというように、藍川は言った。

実景は頷いた。判ってもらえた。そのことがただ嬉しい。目裏がじわんと熱くなる。だめだ、これ以上この人の前で泣いたら、軽蔑されてしまう。ダメ人間だと念押ししているようなものだ。

「俺は、そっち側なのかな」

次いで藍川が真顔で問うて来たので、実景は涙を引っ込め、

「もちろん。こっち側です」

と答えた。

「そうか。よかった。ジョーも、たぶんこっち側だ」

藍川はにこりとする。内ポケットに手をやり、あのピルケースを取り出した。

「舐める？」

タブレットを口に入れると、「スーッ」という音が聞こえるほど口の中が爽やかになる。

「あ、今の話、横山さんには……」

「言わない。笹尾さんにも言わない」

「姉ちゃんは、判ってると思うけど……弱すぎるって怒られてるし」

「笹尾さんが？」

「『そんなんですぐくじけるなんて、あんたって弱すぎだよ。あたしにだってあるよ、世界でたった一人だけみたいな気持ちになることぐらい』って」

「それは、あるだろうな。笹尾さんにも」

「姉ちゃんの言うように、俺は弱いんだと思います。弱いのが悪いって言われたら、悪くていいと思ったんです。でもそれって逃げたってことだから、やっぱりよくないことですよね。俺、だからこの世界では幸せになれなくてもいいかって。ずるをしたんだから一生不幸なままでもしょうがないって」

「逃げなきゃ生き延びられないんなら、逃げるしかないと思うけど」

藍川は運ばれて来たコーヒーに口をつけた。

「それをずるとは言わない。いじめた奴らのほうが悪い」

「そうなんですけど……」

「幸せをあきらめるなんて、そんなこと考えなくていい」

静かだがきっぱりとした口調。実景は下を向いた。自分の今ある状態はやっぱり恥ずかしいと思うし、いじめから逃れて五年も閉じこもっていたつけが必ず回ってくると思っていた。

けれど、そんな自分の弱さをも、藍川は肯定してしまっていいと言うのだろうか。

「でも、俺あきらかに異常ですよ。この年になっても友達もいないし……本当に、一人もいないんです」

「俺がいる」

実景はどきりとして藍川を見た。眼鏡の奥の眸は真面目で、いじめや揶揄いでないことを表しているようだ。

「友……達。友達なんですか？」

「そうだと思ってたけど……違う？」

「俺……」

藍川が好きだ。この気持ちは、決して友達へ向かうような種類のものではないことを自覚している。

けれど、友人さえいない実景には、「友達」だと言ってもらえるだけでありがたかった。

「友達……」

しみじみと嚙みしめる。それはそれで嬉しい。

「ありがとうございます」

「いや……」

藍川は困ったように笑い、それから視線を離した。

「ごめんごめん、遅くなっちった」

横山が到着した。

「あら？　なんか深刻な会談中？」

椅子に腰を下ろしながら、二人を見やる。

「いや、べつに」

「腹減ったー。朝食ってないんだよな、初日だし。なにか頼んだ？」

「飲み物だけ」

「じゃ、頼んじゃってよ。俺、カルボナーラと、あと茄子のトマトソース。セットで、コーヒー」

「よく食えるな……実景くんは？」

「俺……は魚介のトマトソース。アイスティで」

藍川は店員を呼ぶ。藍川はペペロンチーノと紅茶のセットを注文した。

頼んだものが運ばれて来ると、横山はさっそくカルボナーラにとりかかっている。大量のパスタをぐるぐるとフォークに巻きつけ、一口で食う。

「あー、日本の飯はうまいや」

水を一口飲むと、詠嘆するように言った。

「日本の飯が食いたいんなら、和食の店でもよかったのに」

「いや、この、日本で食うイタリアンが、やっぱり一番うまいよなって感激してんだ。本場はあっちだって言われようが、俺はやっぱり日本流の味がいい」

「昨日までその本場にいたくせに。むこうのメシは口に合わない？」

「いや、和食が食いてえって毎日日本料理屋に通ってたから、パスタとか食ってねえんだわ、実のところ」

「……」

「気持ち、気持ちの問題だよ。なんでもかんでもオリーブオイルぶっかけるような奴らと、同じものは食えねえよ」

横山は話し好きのようだ。それから、イタリアでセリエAの試合を見たとか、現地のプロサッカー選手の写真を撮ったことだとか、旅の話を面白おかしく語るのを、藍川は時おり相槌をうちながら愉しそうに聞いている。また、横山は社交的な男でもあるらしくて、時々こちらに話をふってきた。その度緊張しつつも、実景はがんばって当たり障りのない答えを返し、それからそんな自分がふと、寂しくなる。

二人は、親しげに会話している。といっても横山が一人で喋っているようなものだが、藍川はべつに気にするふうでもなく、愉しそうだ。

友達というのは、こんなものなのだと思う。リラックスして、素《す》の自分を晒《さら》して、それがそんなに特別なことではない関係。

緊張しながら喋ってる俺は、やっぱまだ「友達」とは言えないよな……。

実景はパスタを食べながら、二人のやりとりを聞いていた。

「そういや、お前営業所に移ったんだって？」

横山はようやく、話したいことを話し終えたらしい。ナプキンで口を拭いながら藍川を見た。

「本社から左遷かと思いきや、昇格したんだってな。すごいよ」

「すごくはない。四年目だし、同期も来年あたり、みんな昇格するだろう」

「だから、お前はすごいんだよ。今年昇格してんだから」

横山はことさらにそこを強調する。

「もっと自信持てよ。前に前に行かないと、人生損するぜ？」

藍川は困ったように笑っている。

「こいつさ、高校の時からすげぇ出来がよくってさ、俺らの高校からは十年に一人ぐらいしか入れないような大学に受かってさ。頭がよくて親切——でも、地味なの」

横山は、秘密を打ち明けるような顔で、実景に教えた。

笑っていいものか、実景は悩んだ。

藍川は笑ったまま、

「悪かったな」

やはり静かだ。

「顔だっていいだろ？　よく見ると。お前まだこんなダサい眼鏡かけてんの？　今は薄くて軽いのがいくらでも安くなってるぜ？　……昔っから、すべてがこんな感じで、やる気全然ねえの」

「やる気は、あった」

「ばーか。勉強の話じゃねえよ。こっちのほうだよ——」

横山は言いかけ、はっとしたように口を噤んだ。立てかけた小指をそそくさとしまい込む。

後には、変な間が残された。

「たしかに恋愛方面には、奥手だったな」

場を救うように、藍川が言った。横山が言いかけたことを引き取った形だが、話が新たな展開をみせることはなかった。

「じゃあ、今は一人暮らしなんだ？」

結局、藍川の異動というところまで戻った。

「通って通えない距離でもないんだけど。妹も当分家にいるだろうし。大人が家にたくさんいる状態って、変かなと思って」

そういえば藍川には妹がいたのだった。実景は興味を惹かれて藍川のほうを見た。

「妹さんて、大学生ぐらいですか？」

「卒業して、今年から勤めに出てる」

「早いなあ。高校の頃、中学生じゃなかったっけ」

「そりゃあ、俺たちが高校生の時は、妹は俺らより年下だよ」

「真顔でつっこむなよ、変わんないなお前……そういや俺も親とは住んでないしな。大学に近いとこに部屋借りちゃったし、それ以前に家になんてめったに帰らないし」

「またどこかに行くのか」

「いや、すぐには行かない。今回は、そうだな、半年ぐらいはこっちにいると思う」

だから、飲もうぜと、横山は藍川の肩を叩いた。

「ミカゲくんもおいでよ」

涎《よだれ》を垂らさんばかりに眺めていたのだろうか。急に名を呼ばれて実景はびくっとした。

「え……」

「未成年だよ。誘うなよ」

「いいじゃんか、飲み会ぐらい。飲まなきゃいいんだからさ。高校生？」

「だからそういう——」

「学校には行ってないです」

藍川を遮って、実景は自分から言った。

「十八だけど、学校に行ってても仕事してもいなくて……その、いわゆる」

「ニートか」

横山は、そんなことなんでもないという風に言った。

「流行の最先端を行っちゃってるわけだ……なあ、バイトしない？　モデルの」

いったいどこからそんな言葉が出てきたのか。実景は飲みかけていたアイスティを噴きそうになる。

「ジョー、お前なに言ってんだ？」

「だって、写せるよ彼。なんかイノセントな感じだしさ。せっかくルックスに恵まれたんだから、それを生かした仕事をしてみたくないか？」

「実景くん、気にしないで」

藍川はしようがないなという顔で、

「こいつ、人の顔見ればモデルでもやんないか？　ってそればっかりだし、変な仕事持ってくるから関わらないほうがいい」

「変なって、スーパーのチラシのこと？　あれは駆け出しの頃の話だ。今は、週刊誌のグラビアとかも任せられたりしてるんだぜ？　いや、まだまだひよっ子だけどさ」

「だったら、ひよっ子が成長して、目黒に二〇〇坪ぐらいのスタジオ建てた時に、また誘え」

「ちっ、厭味かよ」

　横山は口を尖らせた。

「どうせ俺は小物ですよーだ」

　拗ねるように言った後、実景ににっこりする。

「考えといて。俺、そういうカンみたいなのはあるんだ。この娘は売れる！　と思ったら本当に売れたグラドル、いっぱいいるんだよな。昔から」

　それを言うなら、俺も「このバンドは売れる！」とスカパーを見ながら思っていたら、本当にそのバンドがブレイクしたりしているから、そういうカンみたいなものがあるんだろうか。

　実景は思ったが、口に出す勇気はなかった。それが気の利いた冗談かどうか、判らなかったし、容姿を褒められていることに突然気づいて狼狽えていたというのもある。

「いやいや、ひさびさにきれいな男を見たよ」

　横山は嬉しそうに笑いながら、煙草に火をつけている。

「そういうこと言うと、誤解されるぞ」

「うん、修もいい男だよ。褒めてもらえないからって、やっかむな」

「俺は――」

「いいじゃん。可愛い子見てるだけで愉しい。眼福《がんぷく》、眼福。よかった、お前が今日来てくれて」

やり込められる藍川というのを初めて見た。

しかし、実景はそれどころではない。きれいな……きれいって言った？　俺が？　俺なんかただのオタクのひきこもりで、中学校ではキモがられて誰も口をきいてくれなかったって、本当のことを知ったらどうするだろう。

頭の中を忙しく思考が駆け巡り、顔が熱い。こんなところで赤面しているのに気づかれたらと、気が気でなくなる。クールダウン、クールダウン。「キモい」とばっさり斬ってくれた同じクラスの女子の顔を思い出そうとした。

「――は？」

気づいたら、ストローの入っていた紙袋を揉みくちゃにしていた。

呼ばれて顔を上げると、藍川が向かい側から、

「なにか甘いものでも食べる？　デザートに」

そんなことを訊いてくる。話題は転換されたらしい。

ほっとして、でも少しだけ残念なように感じて、実景は差し出されたメニューを開いた。

藍川だけでなく、その友人の横山――明るくで傍若無人《ぼうじゃくぶじん》、今までならいちばん恐れて近づかなかっただろうタイプ――ともスムーズに話せたことで、実景の世界はまた一つ、広がった。

デパ地下を散策し、母親と姉のためにケーキを買って家に帰る頃には、実景は上気して心を躍らせて、つまりいつになくはしゃいでしまったのだが、藍川と別れて自転車に乗ると、とたんに気持ちが沈んでしまった。

今日みたいに愉しいひとときは、もう一生過ごせないんだろうな。

知らずしらずのうちに思考がネガティブな方面に向かっている。

そこまでならいつもの自分だった。昏いことばかり考え、そんな自分を嫌悪して終わりのスタンダードコース。

だが、今日は違っている。そんなこと、生きてみなきゃ判らないよと反論する自分がいることにびっくりした。

たしかに生活はつまらない。けれど、気の持ちようによっては毎日をそれほど陰鬱にでなく過ごせるのではないかという気がしはじめている。

自分が変わる。

人を好きになったことで……実景はあらためて思い出した。友達でもいい。生きる力が湧いて来る。

まさかそんなことは続かないだろうと思っていたが、次の土曜、そしてその次の日曜にも、藍川から電話がかかって来た。

「なんだか、ずいぶんお盛んじゃない？　君たち」

よしのの冷やかしも気にならない。

「姉ちゃんも、毎週デートするような彼氏が見つかるといいな」

「んまっ」

よしのが心外そうに口に手をやった時、実景のすぐそばで電話が鳴った。

「はい、笹尾です」

母親の会社の同僚からだった。

「お母さん電話。ヤマモトさんて人から」

部屋に引き上げようとして、ふと、よしのの視線を感じた。

姉は、奇異なものでも見るような顔つきでこちらを見上げている。

「すごい……」

呟いた。

「あんた、ミカじゃないみたい」

「……」

「電話が鳴るとびくっとして、目と鼻の先にいるくせに逃げてたミカは、どこに行ったの？」

よしのは小芝居をしてみせ、

「藍川クンてすごいね。地味で昏いだけの男と思いきや。そういえば、彼氏もここのところ、ちょっと明るくなったかも」

「藍川さんが？」

その名を聞いてはまだ引き上げるわけには行かない。実景はその場に腰を下ろした。母親の話す声が、リビングから響いてくる。

「ま、当社比だけどね。前に較べりゃ、ずいぶんつきあい易くなったってみんな言ってる。こっちでの生活に馴染んだか、彼女でもできたか——」

「彼女……」

実景は呟いた。横山との会話が蘇る。彼女の話をしかけて、横山が気まずそうに口を噤んでしまったこと。それに対して藍川がいつものように淡々と応じていた。

だから、なんでもないことみたいに思ったけれど、本当はもっと深刻な話があるのだろうか。二週続けて会った時も、藍川の印象は初めて会った頃と変わらないのだが。

「どうした。早くも失恋か」

はっと気づくと、よしのがにやにやしている。

かあっと顔が熱くなったのを見られないようにしながら、実景は、

「なんのことだか判らない」

踵を返した。


紺のサーブは、いつものように駅前のロータリーに停まっていた。

自転車の鍵をジーパンのポケットにしまいながら、実景は車に近づいた。

いつも藍川と会う前にはそうなるのだが、痛いほど胸がはずむ。わくわくしているのにどこか不安定で、切なくなるような気持ち。

「おはよう」

助手席側のドアが開いて、藍川が笑顔を向けてくる。

「おはようございます」

頭を上げると、藍川は眩しそうにこちらを見ていた。

「？」

なにかが違う。思って、気づいた。眼鏡がない。

初めて目にする、藍川の素顔。実景はまじまじと見つめた。レンズのむこうに隠されていた双眸が露わになって、整った顔立ちの全貌が明らかになっている。きれいな二重まぶたのアーモンド・アイズ。やや下がり気味の眦《まなじり》が、優しい性格を現しているようだ。

いつもより数段かっこよく、スマートに見える藍川に、しかし実景は違和感をおぼえる。違和感というか、不安になったといったほうが正しい。あまりに完璧な藍川の容貌は、実景の心を竦ませた。

「あ？　眼鏡？」

藍川は、そんな実景の当惑を見てとったか、ダッシュボードに置いてあった眼鏡を取り上げた。

「ちょっと休ませようと思って。パソコンの画面ばっかり見てるから、疲れる」

眼鏡をかけると、いつもの藍川が現れた。実景はほっとして、シートベルトを締める。

「今日は、どこに行こうか」

エンジンを吹かせながら、藍川が問うた。

この間は、鎌倉《かまくら》でうまい蕎麦《そば》を食べた。その前は、吉祥寺《きちじょうじ》のカフェでランチ。実景には目的地などない。藍川と一緒にいられるなら、たとえどんなつまらない場所にでも行く。

しかし、「どこでもいい」などという返事はぞんざいで不遜なように思えたので、

「遊園地とかどうですか」

提案し、そんなところになど自分はちっとも行きたいとは思っていないことに気づいた。

「遊園地……並んだりするの、だいじょうぶ？」

「それはべつにかまいませんけど……」

「『外』がいっぱい？」

実景は藍川を見た。揶揄うではなく、労《いた》わるようにその目がこちらを見つめていた。

「……ごめんなさい」

「じゃあ、地元をぐるっとしようか」

藍川のほうから言ってくる。

「地元？」

「来たばかりで、まだ土地勘《かん》がない。実景くんに案内してもらえれば」

「……行って面白いような所、べつにないですよ？　なんにも」

「俺にとっては初めての街だから……それで、一回りしたら戻って、うちでお茶でも飲もう」

藍川の家……聞いただけで心拍数が上がってしまう。これまでのつきあいで、性格やキャラクターは判って来たけれど、藍川の私生活というのは想像できない。

「じ、じゃあ、それにします」

変な想像をしてしまった。藍川が靴下を干しているところ。紺色の実直な感じの靴下だ。

「まず、実景くんの家のほうに回ろうか」

「あ、こっち側はなんもないです。延々と畑が続くだけで」

「畑って……住宅地だろう？」

「そんないいものではなくて、ほんとに畑で家がぽつぽつ建ってるだけで」

「そうなんだ。うちのほうはけっこう、栄えてるみたいに思うが」

「栄えてるんです。港もあるし」

ということで、まずは駅の向こう側へ。栄えているといっても、一地方都市にすぎない。東京の街並みのような、洗練されたスマートさはなく、いまどき見ないような金物屋や靴屋が立ち並ぶエリア。商店街と呼ぶしかないような通りを抜けると、海が見えてくる。

「なにがとれるの」

水揚《みずあ》げの風景を遠くに眺めながら、藍川が訊く。

「しじみとかいわし……あと、イカ」

ぱっとしない漁場だ。

「あ、反対側に行ったら市場、ありますけど」

実景は思い出して行った。

「市場？　築地《つきじ》みたいな？」

「そんな大規模じゃないけど。朝市があって、けっこう安かったりするみたいです。今日は休みだけど」

「ふうん。あ、しじみ売ってる」

実景にとってはありふれた、あたりまえの光景でも、藍川には珍しいらしい。そろそろとハンドルを切りながら、物珍しそうに辺りを見ている。

グリーンのジャージを着た集団が、前から走って来た。

実景はぴくりとし、首を竦める。母校——と言っていいのかどうかは判らないが——の後輩たちだ。

「あれは……中学生？」

藍川は実景を見る。

「俺が通ってた……つうか、通えなかった中学です」

口にすると、つくづく自分が情けなく思えた。

「そう。すごい色のジャージだね」

「地元でも評判、最悪です」

言ってから、実景は、

「藍川さんは、ずっと東京で育ったんですか？」

「一応はね。母親が病気して、秋田《あきた》の親戚に里子に出されてたことはあるけど」

「えっ、それいつの話ですか？」

「一つ半から、半年ぐらい……里子って言わないか。預けられていた」

藍川は口許をほころばせた。

「記憶には全然残ってないけど」

「お母さん、今は身体のほうはだいじょうぶなんですか」

「ビンタ食らわせたいほど健康。太ったしね。臥《ふ》せっていた時期があるとはとても思えない」

「嘘なんじゃないですか、預けられてたっていうの」

「俺も時々そう思う」

二人は顔を見合わせて笑った。なんでもないようなことが、ひどく愉しい。

「藍川さんの妹さんて、どんな人ですか？」

「どんな人と言われても……」

藍川は苦笑した。

「陽気で賑やかな人気者という感じかな。兄貴とは、正反対のキャラ。会社でもそれなりにうまくやっているみたいだ」

「外見は似てないんですか」

「それが、双子のようだと言われる。参るよ」

苦笑を口許に浮かべたまま、藍川は答えた。

外見が藍川で、中身は陽気で賑やかなＯＬ……想像できない。

人気者といって思い浮かべたのは、小学校四年の時のあるクラスメイトだった。明るくて朗らかで、いるだけで場がぱっとするようだった。ややお調子者なところがあるが、勉強もできたから、そう浮わついたイメージはない。

実景はそんな彼のことが、大嫌いだった。

ああいうのが、と想定する。藍川さんの妹？　考えられない。

「あ、妹はおシャレだから、俺と違って」

藍川は思い出したように付け加えた。

「藍川さんだって、おシャレですよ」

「どこが。そのダサい眼鏡をなんとかしろって、実家じゃ奴に毎日言われた」

「でも、その眼鏡じゃないと藍川さんみたいじゃないです」

実景は、さっき感じた違和感を思い出しつつ言う。

「ダサさが板についてるからね」

「そういうことじゃなく……あの、眼鏡はずすとすごく派手っていうか、華やいだ感じになって、俺なんかはちょっと気後《きおく》れする……っていうか」

「なんで？　俺、コンタクトにしようかと思ってるんだけど、そう言われると考えるな」

「あ、いいんじゃないすか。眼鏡がないほうが、ずっと男前だし、きっとモテますよ」

藍川はふと寒い顔になった。

なんでそんな表情になったのか、実景には判らない。ただ、言わなければよかったと後悔した。

「――モテなくていい」

すぐにいつもの温かみのある穏やかな顔に戻り、

「本当に好きな人が自分を好きになってくれれば、それでいいよ」

いるのだろうか。そんな相手が。本当に好きな人。実景は気になる。眼鏡をかけたぐらいで、藍川のよさがなくなるわけではない。自分がそうだからか、この人を好きにならない者などいないように感じる。

「俺も、そう思います」

判ったふうに答えたものの、実景は内心では同感していない。自分がなんともないと思っている相手からだって、好きだと言われればきっと嬉しい。まだ誰にも言われたことがないせいか、よけいそう思える。好いてくれるのなら、どんな相手だっていいとさえ思う。

学校に行かなくなってから、恋愛のことなどはあえて遠ざけて来たが、実景とて健康な十八歳の男である。恋人が欲しくないわけはない。

それが藍川ならそれ以上の幸せはないが、とうてい無理だ。せめて年下の友達、というこのポジションだけは死守したい。そして、二番目に好きな人を恋人にすればいいのだ。

二番目もなにも、その対象の影すら見えないのが現状だが。

「なにを食べる？」

考え込むうちに話題は移ったようだ。問われて実景は、えー、と不満とも困惑ともつかない声を発した。

「おいしい店なんて、あんまり判らないです。デパートに入ってる食べもの屋ぐらいしか行ったことないし……」

安くてうまい店に友達と連れ立って入る……そんな経験が実景にはない。こうして口にしていても、自分の十八年間が異常なものなのではと思う。友人一人作らず、作ることができず、できないであろう自分がひどく惨めだった。

「じゃ、デパートの中に入ってる店で」

藍川はそんな実景の胸中を知らず、なんでもなさそうに言う。

「ごめんなさい。ジモティなのになんにも知らないで」

「謝るようなことじゃないよ。それに、港や市場のことは知ってる」

「それは……そりゃ、誰でも知ってますよ、そんなこと」

「俺は知らなかった。連れてってくれて感謝してる」

「……」

泣きたいような気分だ。自分のふがいなさを、藍川がなんとかフォローしようとしてくれている。

「本当だよ？」

よほど情けない顔になっていたのだろうか。藍川は念を押すように言った。

車はそのままデパートの地下駐車場に乗り入れ、二人は七階のレストラン街に上がった。

なんでもいいと藍川が言うので、実景は一度家族で来たことのある天ぷら屋に案内した。

「いらっしゃいませ……？」

メニューを運んで来た店員が、ちょっと驚いた顔で実景を見る。

実景もびっくりしていた。大嫌いだった小四の時のクラスメイトである。

「笹尾？　笹尾だよな」

はずむような声で相手は確認してくる。

「俺、治彦《はるひこ》。東川《ひがしがわ》治彦」

実景が忘れていると思ったのか、東川は自分の胸を指してアピールする。

「……久しぶり」

仕方なく、実景は言った。

「ほんと、久しぶりだな。ずっとクラス違ったから、十年ぶりぐらい？　笹尾、変わってないな」

どう取ればいいのか判らない言葉だ。変わらない……昔の自分に誇りがあれば喜べるのだろうが、あいにくそんなことは考えたこともない。過去どころか、現在、未来までも黒のインクで塗りつぶしてゆくような、自分の暮らし。

「……東川も、変わってないよ。バイト？」

「そう。大学は東京なんだけど、土・日は地元でバイト……っと、仕事に戻らなきゃ。ゆっくりしてってよ」

実景の現状を知らないはずはないのに、東川はなにも訊いて来ない。それが彼の愛される理由であり、軽薄なところもずいぶん消えている。成長したのだ。自分と違って。

「いつの同級生？」

その姿が厨房のほうに消えてから、藍川が訊ねた。

「小学校……四年の時に同じクラスで」

「そう。なかなかの好青年だね」

藍川は、実景の自己嫌悪に油を注ぐようなことを言う。

「――いい奴です」

大嫌いだったけど。胸の中で付け足した。そんな自分はとても歪んでいるのだろう。

「小四か。俺的には暗黒の時代だな」

藍川の呟きに、実景はすぐさま反応した。

「なんで、ですか？」

「ですか、は要らないよ。敬語じゃなくていい……いじめってほどじゃないけど、クラスの連中に嫌われて。小三、小四は辛かった」

「藍川さんが……」

いつも穏やかで落ち着き払っている藍川に、そんな時代があったとは知らなかった。実景は目を瞠る。

藍川はシャツのポケットに手をやり、ミントのケースを取り出す。そこではじめて、煙草ではなくミントだと気づいたのだろう。しょうがないなという顔になり、ケースをポケットにしまった。

「今でも俺はハイテンションなほうじゃないけど、あの頃はもっと昏くて、昏いっていうか、みんなが騒いでいるところに一緒になって盛り上がれなくて——そうすると、場が白けるわけ。そんな奴、誰もかまったりしないよな」

「……」

判りすぎるぐらい判る。実景は大きく頷いた。

「どうにかしようと焦るんだけど、焦れば焦るほど周りからずれて行く……そんな感じで二年間。誰の記憶にも残らない、クラスメイトAだよ」

「子どもの頃の二年間って長いですよね」

「十八歳でそんなこと言ってちゃいけない」

東川が膳を運んで来た。昼食の竹コース、まずは前菜が供される。

「タラバガニのてんぷら、追加しといたから」

「えっ」

「金払えなんて言わないよ。俺からのサービス」

東川は笑った。

「……そんな――」

今そんなことをしてくれるなら、と思った。のけ者にされて誰も頼れなかった中学の時に、救いの手を差し出して欲しかった。

けれど筋違いの言いがかりだろう。東川とはずっとクラスが離れていたし、そもそも仲がよかったわけでもない。

「ありがとう、ご馳走になります」

実景が言えないでいるその一言を、藍川が言った。

東川は制帽に手をやり、ちょっと照れたような顔で笑う。

そのままテーブルを離れて行った。

「いい奴なんです。大嫌いだったけど」

実景は、今度ははっきり言葉にした。言ってから、なにを言うんだ俺？　と自分自身に驚いた。

「あ、っていうか……」

急いで言ったが、追加すべきことがなにも浮かんで来ない。

「……いい奴だったから？」

藍川は、驚きも呆れもしていない。静かに問う。

「俺の――俺がなりたかった姿だったから。明るくて社交的、親切でみんなの人気者……嫉《しっ》妬《と》の対象にすらならないくらい、なにもかも俺とは大違いだったけど……でも、妬いていたんだと思います。あんなふうになれたらって、俺思ってたから。でも、妬くなんてどうかしてますね。俺が寂しかったのは、俺自身のせいなのに。心を開いて、皆に優しくするように努めたら……でも、できなかった」

うつむいて実景はぼそぼそと喋った。

目を上げると、藍川は、

「判る。俺もそうだった」

労わるように微笑む。

「――でも、藍川さんは脱出したから……俺はそのまま、暗黒の中学時代に入っちゃったから――藍川さんは、どうやって自分を変えたんですか」

「どうやってと言われても……五年になって、気の合う友達が何人かできたから。それが学年の中でも目立つ奴らだったんで、そのまま俺も賑やかなグループに入れられてそこからは……。棚からぼたもちっていうか、自分でどうにかしたっていうわけじゃない」

「でも、俺はそんな友達の一人すら、作れなかったんです。作ろうとしなかったんです」

「作ろうと思って作るものじゃない。自然とできるものだよ、友達は。恥ずかしくもいけないことでもないよ。悩むようなことじゃない。たまたまそうなった、ってだけだから」

「でも……」

「俺と実景くんだって、エデンがいなければ今、こんなところにいない。あの日笹尾さんを送って行かなかったら、出会えてすらいない」

だからたまたまなのだ、と藍川は言った。

「それに、そんなふうに考えたほうが後悔が少なくてすむ」

「……」

「狡《ずる》い言い方だな。でも、過去は思い出して昏くなるためにあるものじゃない。いい思い出だけを憶えていればいい。俺はそうしてる。小四の時のことも、言われなかったら思い出さなかった。だから」

実景は頷いた。藍川の言う通りなのだろう。昔のことに囚《とら》われて、無駄に歳月を消費した自分は莫迦だ。けれど、忘れることができなかったのだ。五年経った今も、人に触れることを怖れている。

けれど、藍川を知らなかった頃ほどではない。出会ってまだ一ヶ月にしかならないのに、藍川のおかげで少しずつだが自分が変わって来ているのを感じている。それは、きっといいことなのだろうけど、藍川をもし喪《うしな》ったらと考えると心臓が冷たくなる。父親が亡くなった時、自分の中の一部分が死んだと感じたように、いや、それ以上かもしれない。藍川がいなくなったら……。

そんなふうに恐怖に抱きしめられたくなくて、自然と人を避けていたのかもしれない。父親がそうであったように、大切な人が一人また一人と喪われたら。それが怖かった。

けれどこうして、好きな人ができた。友達も。同じ人じゃなければもっとよかったけれど、自分の中にも恋をするという感覚があることが判って、それだけでも藍川と出会った意味はあった——。

何か、そんな出会いすら、なくすことを前提に大切にしているようで、実景はそんなネガティブな自分に厭気がさす。もっと屈託なく藍川と触れることができたら、どんなにいいだろう。

食事を終え、帰ろうとしているところに東川が来た。

「これ、割引券」

「御食事券」と書かれた紙を二枚、テーブルに置いた。

「あ、そんな——」

「期限があるからさ、また来てよ」

笑う元クラスメイトを、実景は黙って見つめた。

善意なのは判るが、放っておいてほしいと思う気持ちがどこかにあって、そんな自分を冷たい目で見るもう一人の自分がいる。要するにお前はわがままなんだよ、と嗤う声。昔救けてくれなかったくせになんて、傲慢《ごうまん》なんだよ。

「……ありがとう」

さまざまな思いが複雑に絡み合う胸中を隠し、今度はちゃんと感謝できた。


藍川の家は、駅裏に新しく建ったばかりのマンションだった。

思っていたよりもずっと立派な住まいに、実景はやや気後れする。実景の住んでいるマンションは築二十年の公団住宅で、オートロックなんてついていない。

当たり前のようにロックを解除し、エレベーターに向かう藍川に、縋るようについて行く。

藍川が押したのは八階。実景のところは五階建てである。

「どうぞ。散らかってるけど」

玄関を開けると、廊下の先にドアがある。入ってすぐのところにも、ドアがあった。トイレと風呂のほかにもう一室。

三和土にもしゃれたモザイク模様が施されている。玄関も広い。実景はおそるおそる、スニーカーを脱いだ。

「……全然散らかってないです」

通されたリビングの真ん中で、実景は感心する。黒レザーのソファセットと、テレビやコンポなどの電化製品。キャビネットとベンチチェスト。無駄なもののない、整然とした部屋だった。

「お茶にする？　コーヒー？　紅茶もあるけど」

キッチンカウンターから藍川が声をかける。

「あ、俺がやります」

実景はカウンターに近づいた。

「お客さんにお茶を淹れさせるわけにはいかない」

「じゃ、紅茶で」

カウンターに凭れて、実景は立ち働く藍川の姿を眺めた。すらりとした身体を白いシャツとジーンズに包んで、長い指が器用に紅茶の缶を開ける。

いつまでも見つめていて変に思われたら困る。身体を起こし、そのままリビングを一周した。

家のリビングとは違い、物のない部屋だ。広さが違うというのもあるだろう。実景の家のリビングにはアップライトだがピアノがある。

その他、寛子が趣味にしている押し絵の額や、よしのが飾っている花——そうしたものがない部屋だ。

突き当たりにドアがある。

玄関のほうの部屋と、どちらが寝室なのだろう。２ＬＤＫの新築マンション。家賃はどのぐらいなど、よけいなことを考えた。

ＣＤラックの中を見たかったが、我慢する。キャビネットの上に、シンプルなガラスのフォトスタンドが置いてある。

それだけが唯一、装飾品と言えるだろうか。実景は写真をしげしげ眺めた。藍川と、知らない青年が並んで写っている。

藍川は今よりだいぶ若く、学生という感じだ。だが眼鏡は今と同じである。隣で微笑む人は、同級生なのだろうか。きれいな顔立ちの、賢そうな人だった。

「実景くん？」

呼ばれて振り返る。ティーポットを持った藍川が立っている。

「お友達ですか？」

実景は写真から目を離して言った。

藍川はやや、表情を硬くした。実景ははっとして、そんな藍川を見上げる。

「――そうだよ」

「大学の時の？」

「いや、高校から一緒だった。一つ上で」

同級生でもないのにこうして仲良く写真におさまっているのは、部活で一緒だったとかだろうか。

「藍川さん、高校の時何部だったんですか。やっぱり軽音？」

「そう。彼と同じバンド」

「へえ」

実景はすすめられるままソファに腰を下ろした。

「どうぞ」

藍川がソーサーごとカップを実景の前にずらす。

「いただきます」

緊張しながら、カップに口をつけた。

「いい部屋ですね」

もう一度リビングをぐるっと眺め、実景は言った。

「ちょっと高いのが難なんだけど」

「家賃、そんなにするんですか」

「いや、そうじゃなくて」

藍川は苦笑した。

「家賃はない。分譲だから……八階は高すぎるってこと」

「眺めがいいんじゃないんですか」

「怖いよ。風がすごいし。見てみる？」

藍川は先に立って、実景をベランダに誘導した。

ガラス戸を開けると、ごうっと風が流れ込んで来る。夏近い夕暮れの風。頬を快く撫でて行くのを、しばし実景は目を閉じて感じた。

目を開くと、街が一望できる。立ち並ぶビルと線路。車の流れ。往来する人々。

思っていたよりずっと小さく遠く見える。ここから身を投げたら、ひとたまりもないだろう。皮膚も骨も内臓も、トマトみたいにぺちゃっと潰《つぶ》れる……。

自らの想像に身震いすると、実景は隣の藍川を見上げた。

「たしかに怖いです。高すぎて」

「だろ？」

二人はリビングに戻った。

「二階か三階がよかったんだけど、空いてなかった」

「藍川さんが買ったんですか？　すごいですね」

「いや、俺じゃない。親……が」

藍川は言いにくそうに説明した。

「実家ともそう離れてないし、そっちで身を固めることになるかもしれないから、早めに財産分与しておこうってことで——気が早いんだ、うちの親」

「身を固める……結婚するってことですよね……」

それ以上は実景には訊けなかった。そんな相手がいるのか、いないまでも心当たりがあるのか、気になるけれど、もしイエスだったらと思うとしり込みしてしまう。

「結婚は、しない」

だが藍川はふいにきっぱり言って、カップをソーサーに置いた。

実景はやや驚きながらそんな藍川を見つめる。藍川がこんなに勁い調子でものを言うのを聞いたことがなかった。

そういえば、横山と三人で食事をした時、話が恋愛関係に及んだところで切れてしまった。横山は失言したというように鼻白んでいたし、その後の会話がぎこちなかった。藍川のほうはいつもと変わらない落ち着きを見せていたが。

クールなようでいて、内心には嵐が吹き荒れていたのかもしれない。実景はそう思うに至る。けれど、どうして？　触れてほしくない過去があるのだろうか。

もしそうなら、こういうことを話題に載せないようにしなければならない。藍川をいらいらさせたり、よけいな気を遣わせてはいけない。

自分にも、触れたくないことがあるから……藍川にはあらかた話してしまったけれど。

実景がなにも言わないのを見てか、藍川のほうが口を開いた。

「恋人なんだ」

後ろに手をやる。

その指した先には、キャビネットがあった。いや、その上に載せられたフォトスタンドが。

「恋人」だと言った。そこに写っているのは、藍川と、涼やかな目をしたきれいな人――でも、男だ。高校の一年先輩。

「そ――そうだったんですか」

実景はようやく言葉を取り戻した。とりあえずなにか言わなければ、と必死に考えても、出て来たのはそんなまぬけな相槌である。

藍川も意外だったようで、ちょっとびっくりした顔でこちらを見た。

「驚かないの？」

「驚いてるけど……べつに……」

男同士で気持ちが悪い、とでも言えば納得されるのだろうか。

「べつに普通に……好きな人なら」

途切れ途切れに言う実景に、藍川は呆気にとられた顔でいる。

と、ふと口許を綻ばせた。

「そうだな。べつに普通に好きなんだから」

さっきまでの硬い気配は霧消し、柔らかで温かい藍川本来の顔になる。

「高校の時から？」

「そう。一年で知り合って、七年つきあった」

「七年……」

実景は呟いた。口にすると、なにか途方もなく長く感じられて、藍川が恋人と過ごした歳月の重さを知る。知り合ってまだふた月にもならない自分とは違う。

なんとなく、哀しくなってしまった。

「あ……で、今は……？」

おそるおそる、実景は訊ねた。訊いてはいけないような気がしていた。

「死んだ。三年前」

そこまでの回答を予想していなかった。実景は絶句し、そして訊いたことを後悔した。

「……もう三年になるんだな。昨日のことみたいに思い出せるのに」

藍川は儚《はかな》く微笑んだ。

そんな顔が見たくて訊いたわけじゃない。実景は焦った。

「すいません。俺、なんか無神経で」

「全然。そんなことない——三年前の七月。外回りの最中に連絡が来なくなって、おかしいと思った同僚が探しに出て、営業車の中で死んでいる彼を発見した——心臓麻痺。あっけないものだ。突然死ってやつ」

頷いた。ニュースなどで耳にしたことはある。突然死。

「まだ二十四だったのにね。二十四になった時、俺は自分が生きていることがなにかの間違いじゃないいだろうかと思った」

「そんな」

「彼のことしか考えてなかった、喪う前も。他にはなにも要らなかったのに、そのたった一つの必要なものが奪われた——なにも信じられなくなって、頭がおかしくなりそうなほど辛かった……そんな時、エデンを知った」

実景は目を瞬かせた。

「君と同じだ。エデンがいなかったら死んでいたって君は言った。俺もそう。後を追いそうになった」

「同じ……」

いじめを受けるのと恋人を喪うのと。

どっちがどれだけ辛いか、恋人を持ったことのない実景には判らない。母親と姉を代わりに置いてみた。……いじめられるほうがまだましだ。

「実景くんに初めて会った時、何か一度会ったことがあるように感じた。哀しみを抱いた同士、共鳴したんだろう」

「……」

写真展の時に、横山が恋愛の話をしようとしかけて、やめたのには、こんな事情があったのかと実景は納得した。藍川の笑顔が温かいのも。哀しみと絶望を抱いている人だからこそ、人を救う力を時に持てる。少なくとも、実景にとっての藍川はそうだった。

「今も、あの」

実景は一番気になることを訊ねた。

「え?」

「今でも、その人のことが好きですか?」

藍川は迷うように間を置いた。

その後、

「好きだよ」

きっぱり言った。

「忘れるなんてできない」

藍川にこんなにも思ってもらえるなんて、死んだ恋人は幸せだ。死んでしまったことで、彼は永久に藍川の中で生き続けるだろう。生きていたら互いに飽きて、別れていたかも……

そんなことを考える自分はなんて意地悪なんだろうと思う。けれど、これぐらいでちょうどいいのかもしれない。藍川を、好きになり過ぎてはいけない。喪うなら、はじめから自分のものでないほうがいい。叶うはずもなかった恋を、年老いてから懐かしく感じるほうが、きっと。

しかし、それも勁がりのような気がした。ほんとうは、愛されたい。好きな人に好きと言ってもらえたら他にはなにも要らない。

けれど、そんなのは俺には過ぎた夢なのだ。

がっかりした。がっかりするということは、やはりどこかで期待していたということだ。浅ましい自分が、厭になる。

今は、藍川のために明るくしていよう。実景は心に決めた。泣くのは、家に帰って一人になってからでいい——。

「すいませんでした。変な話させちゃって」

実景はなるたけ平静を装った声を出した。

「いや。実景くんには、いつかは話そう……話せるだろうと思っていた」

「姉には内緒にしておきますから」

おどけて言うと、藍川はやはり困ったように笑った。

人生で初めて好きになった相手には、忘れられない人がいた。

べつになんでもない。よくある話だと思う。

だけど、なにも俺が好きになる人がそうじゃなくても……実景は理不尽に神様を恨んでしまったが、よく考えると、べつにそんな人がいなくても、藍川が自分を好きになる確率は限りなくゼロに近いだろう。なにもできずなにもやらず、家族に寄生して生きている役立たず。なんのとりえも魅力もない自分。

そう、最初から無理だったんだよ。

哀しいというより、拍子抜けした思いだった。藍川のことを思って心配したり不安になったり、時にはしたない想像に及んだり——そんなのは、自分が一人でカラカラ回っていただけなのだ。一人相撲というやつだ。滑稽《こっけい》で醜い。

それでも……と実景は思う。それでも、そばにいられるのならかまわない。友達として、藍川に寄り添うことが赦されるなら、それで。

近くにいたい。

翌週の土曜、藍川は出張ということで、会えなかった。

そうするともう、他にはやることがなくなる。朝食が終わって部屋に戻ろうとした実景を、

「ちょっと待った」

よしのが引き止める。Tシャツの裾をむんずと摑まれて、実景はよろけた。

「な、何」

「片付けぐらい、していきなさい」

「してるよ、ほら」

「自分のだけじゃなく、みんなの分」

「よしの、そんなことは……」

「いいのよ。こいつだんだんまともになってきてるから。今、しつけとかないと。あんた、タダ飯食らってんだからね。家のこと、少しは手伝いなさいよ」

よしのの言い分はもっともだと実景も思った。実景は椅子に戻った。寛子はとうに食べ終えて、よしのが食事を終えるのを待っている。よしのが起きて来るのが遅かったのだ。だが姉はそんなこと、実景の現状に較べたら、屁でもないと思っているのだろう。

洗い物は苦にならない。お使いに行かされるよりはましだ。だがよしのはなにか企んでいるのだろう。実景が黙々と食器を洗っていると、

「あと、ダイエットコーラ買って来て。大きいサイズのほう」

案の定、命じた。

「えっ」

と叫んだのは、予想がずばり的中したことへの驚きだった。

すぐに母親が、

「お母さんも行くわ……よしの、あんまり実景を急《せ》かさないで。外に出られるようになったっていっても、一人じゃまだ無理でしょう？」

「甘い」

寛子を遮るようによしのは言う。長い前髪の間から、勝気な眸がきらりと耿った。

「もちろん一人で行くのよ？　ミカ。コンビニになければ、スーパーに行けばあるしね。遊びに出ることはできて、家の用事では出られないなんて、おかしいよね」

「やめなさい、よしの！　実景を追い詰めてどうするの」

「行くよ」

母娘の間に、実景は割り込んで言った。

「え？」

と二人。

「コーラ買ってくるだけでいいんだろ？　べつになんでもないよ。一人で行けるよ」

意気がって言っているのではなかった。なんとなく、そろそろそんな時期かなという気がしていた。藍川と出会って、ずいぶん心が勁くなったように思う。叶わない片思いをしていることで、あきらめや我慢に耐性がついたのかもしれない。こんなふうに三人しかいない家族のうち二人が角を突き合わせるのを見ているより、さっさと用事を済ませて楽になりたい。そんな考え方ができるようになったのも、藍川のおかげだった。実景は藍川に感謝した。

「それクリアしたら、昼夜逆転の生活も改善するからねー」

「……調子に乗るんじゃないの、お姉ちゃん」

寛子がよしのの腿をぴしゃりと叩いた。

Tシャツの裾を直しながら実景は自転車置き場に向かった。コンビニなら歩いて行ける距離にある。そこになかった場合は、駅前のスーパーまで行くことになる。

初夏の街路に、自転車で漕ぎ出す。頬を掠める風の心地よさに、こんな日に家に閉じこもっている奴は莫迦だ、と思った。すごいことだ。自分ながら感心する。本当に、変わりはじめている。陰鬱な蟄居《ちっきょ》生活から、普通のまともな十八歳へ。暮らしは自然と流れて行くのだろうか。

が、コンビニに到着し、客は自分一人でレジにも店員一人、という局面を迎えると、そんなふうに思ったことはただの気のせいだと思い知った。恐ろしいことに、店員がもう一人、スナック菓子やカップ麺の棚を整理していた。一対二。

身体に棒でも突っ込まれたようにぎくしゃくとして、実景はウォークインケースに向かった。目当ての品がすぐに見つかった。

一本引き出そうとドアを開けた時、手のひらがじっとりと汗ばんでいるのが判った。心臓がどきどき言いはじめる。いつもと変わらない、情けない自分が出現した。

「お客さま？」

最悪なことに、実景はドアを開けたまま固まってしまったため、不審に思ったらしい店員から声をかけられる、という事態に陥ってしまった。この、不審がられるというのがとりわけだめなのである。

「あの……」

店員はさらになにか言いかけた。

「笹尾ー」

聞き憶えのある声。

実景はびくんと身体を震わせた。

「東川……」

「なんか、よく会うな？　最近」

東川はTシャツにハーフパンツという恰好である。天ぷら屋の制服も似合っていたが、こういう普通のイマドキの若者らしいなりもよく似合っている。こういう奴には、なんでも似合う。軍服にサーベルでも、横じまの囚人服でも、なんにでもぴったり嵌まるのだ。

やけくそ気味にそんなことを考え、実景はあきらめて東川に向き直った。

「うん……」

東川は怪訝そうに実景を見ている。

「なんか買うんじゃないの？」

開けっ放しのドアを指した。

そうだった。実景はコーラのペットボトルを摑み出すと、レジに向かう。「いらっしゃいませ」と店員がおじぎをした時、間違いに気づいた。そうだダイエットコーラ。

「あのっ」

実景はカウンターに身を乗り出すようにしてペットボトルを取り返そうとした。びっくりした店員が身を退く。実景はなおもボトルを摑もうとし、触れて、結果的に店員の手からボトルを叩き落すことになった。

足元にごろんと転がるコーラのペットボトルを見て、実景は恐怖に立ち竦んだ。

店員が、食いつきそうな目でこちらを見ている。無言の非難。そして怒り。

頭を抱えてうずくまるところだった。今までならば。実景はなんとか堪えて、ペットボトルに手を伸ばした。

と、脇からにゅっと突き出た腕が、先に拾って行く。

「なにやってんの」

東川はボトルをカウンターに置き、不思議そうに訊ねた。

「あ……そ、それじゃなく」

再び商品を手にした店員に、実景は必死で訴える。

「間違えたんです。それじゃなくて、ほんとはダイエットコーラのほうで、間違えて……普通のじゃなくてダイエット」

動揺のためか、ループしている。

「ダイエット？　ＯＫ……はい、これ」

なすすべもない実景をよそに、東川はとって返してダイエットコーラのボトルを持って来た。実景から財布を奪い、馴れた感じで会計を済ませる。

「こっちは、戻しておきます」

「ありがとうございましたー」

「だいじょうぶ？」

外に出るだけで精一杯だった。駐車場で実景はうずくまり、膝の間に頭を埋める。

「どっかで休んで行くか？　お前、あんまり外に出ないんじゃないの、ふだん」

実景は顔を上げた。東川がこちらを覗きこんでいる。

「俺……」

「出ないから、たまに出ると人ごみとかでパニックになって動けなくなる。なんとか障害っていうやつなんじゃないか？　あ、べつに病気だって言ってるわけじゃなくて」

東川は、実景の隣にしゃがんだ。

「中学でいじめに遭って、学校行かなくなったんだって？　まあコンビニに買い物に来るぐらいだからだいじょうぶだろうけど、そんな生活続けてたら、完璧ひきこもりになっちまうぞ？」

「……」

実景は黙って、東川を眺めた。したり顔と、よく動く唇を見つめた。

「そりゃ、いじめる奴が悪いんだ。そうに決まってるさ。だけどさ、そこで逃げてちゃいけないと思うんだ。自分の部屋に鍵かけたら、誰も入って来ないしいじめられない……そういう感じでひきこもりってなるんだって。いや、笹尾がそうだとは言わないけどさ、それは笹尾には笹尾なりの理由があるんだろうけど。でも、逃げたら敗けじゃん。俺たちまだ十八だぜ？　敗けててどうすんだよ。もっと外に出て、大手を振って歩いてみせろよ。いじめた奴らに、カッコいいとこ見せようよ。自分を信じて、勁くなれよ。そのために、俺ができることがあったら――」

終わりまで言わせず、実景は東川の頭を摑んだ。

「？　で、イデデっ……って、なに？」

髪を摑まれても、東川にはなにが起きているのか判らなかったらしい。

その腹に、実景は思い切り膝で蹴りを入れた。

「うぐっ」

「なにが『自分を信じて勁くなれ』だ。くだらないJポップの歌詞そのままなぞってんじゃねえよ！　敗け敗けって、勝手に人の勝敗決めつけんなよ。俺は敗けてるなんて思っちゃねーよ！　少なくとも、お前よりはましな人間だよ。なにもかも判ってるって顔で、ひとつも知りやしない俺のことに、口出しすんな、ボケ！」

自分のどこにそんなパワーがあったのか、自分でも判らなかった。後から考えても不思議なくらい、実景はその時昂奮していたし、頭に来ていた。

「なんだよっ、人が親切に言ってやってんだろ！」

立ち直った東川が、実景に殴りかかって来た。頬に強烈なパンチを食らう。

「なにが親切だ！　お前の親切なんか欲しくもないっ」

「このドくそひきこもりがよ！」

行き交う人々が足を止め、コンビニの駐車場で摑み合う二人を見ている。

それに気づいて、実景は退散しようとしたが、東川に胸倉を摑まれて動けない。めちゃめちゃに拳を振り回し、相手の頭や身体を殴りつける。自分が路上で人とファイトする日が来るなんて予想もしていなかったが、これも変化の一つなのだろうか？

などと、いやに冷静なことを考えている自分がいる。あと一回蹴りを入れたらやめようと思っていると、

「こらこら、やめなさい。なにをやってるんだ」

制服警官が二人の間を割った。巡回中だったらしい。

「こいつがっ。生意気なこと言うから」

「なにが生意気だよ。お前は結局、俺を見下ろしてんだ。下と思ってるから、生意気なんて言うんだろ」

実景の反論に、東川は黙り込む。

「ひきこもりって言ったな。それが、お前の本心だよ」

何も言い返して来ないということは、当を得た発言だったのだろう。

「ほら、二人とも、ちゃんと立って。君はどこの子？　自転車で来たのか？　いいから、すぐに帰りなさい。ほら、手、放して」

お巡りさんに注意され、東川は悔しそうに、実景のTシャツの裾を離した。仲裁が入る前から、摑んでいたのだ。

自転車を漕いで、実景は帰路についた。

殴られた口の端が、ひりひりしている。舌で触ると、血の味がした。切れているらしい。

当然母親と姉から理由を問われる。なんと言って胡麻化そうか。

顔は痛み、胸はどきどきいっていたが、不思議なことに恐怖は消えていた。

「外」から、最も「外」らしい攻撃を受けて、そして実際の暴力もふるわれたのに、恐怖どころか却って高揚しているぐらいだ。

コンビニで店員を前にした時には、あれだけ怖かったのだが……なんで往来で殴り合うようなことになったのだか、そして殴られても「外」から閉め出された気がしなかったのか。

ただ、自分の中にも凶暴さや野性や積極性があることを実景は知り、少しだけ誇らしく感じた。その点では、東川に感謝したいぐらいだ。

いつになくはずんだ気分で、実景はマンションを通り過ぎてさらに疾走《しっそう》した。

家々の塀から伸びた若木が、陽を受けてきらきらしている。

涼風が気持ちいい。

そのままマンションの周りを一周し、家に戻ると、よしのが待ちかねていたように、

「やーっと帰って来た」

ソファからこちらを振り返って言った。

「電話あったよー、藍川クンから」

「えっ」

その名にどきりとする。

「今からこっちに戻るって。十時半ごろかな。会いたそうだったよ」

「そ、そう」

実景はコンビニのビニール袋をダイニングテーブルの上に置いた。

「コーラ。今飲むの？」

「冷蔵庫入れといてー」

よしのはテレビのほうに向き直る。土曜の昼前の、ぬるいバラエティー番組だった。

お笑いタレントのあけすけな打ち明け話に、スタジオが沸いているのを背に、実景は急いで自室に戻った。

子機を取り上げ、登録してある藍川の携帯番号をプッシュした。

呼び出し音に胸が高鳴る。

『実景くん？』

藍川の声が、すぐに実景の名を呼んだ。

「あ、はい……帰って来たんですか？」

『今電車の中なんだ。着いたらこっちからかけ直す』

あっというまに電話は切れてしまった。

子機を片手に、実景は落ち込む。十時半というと、コンビニ前で東川とやり合っていた頃か。無駄なファイトなどするんじゃなかった。後悔しても遅い。そもそも姉ちゃんが人をパシリに使うからだ。

実景はベッドにどすっと腰を下ろした。

膝を抱えて待っていると、すぐに電話が鳴った。

「はいっ」

実景は勢い込む。軽い笑い声がして、

『元気がいいね』

「……」

顔が熱くなる。今目の前に藍川がいなくてよかった。電話一本ですぐハイテンションになる、安い奴だと自分でも思う。

藍川は駅に着いたところだった。デパートの中にあるティールームを指定される。

「あら、出かけるの？」

部屋を出たところでよしのに呼び止められた。

「う、うん」

「藍川クン？」

「……」

「って、訊くまでもないか。気に入られてるねー君。超ラブラブじゃーん」

子どもみたいに囃《はやし》し立てる。

「そんなんじゃないよ……普通に気が合ってるだけ」

よしのは鼻白んだ顔になった。真顔で返されるとは思っていなかったのだろう。

「動揺しろよー、ちったぁ……ってまあ、そんな腐れた漫画みたいな話、ないやね普通」

少しだけなら、ある。「漫画みたいな話」。しかし、もちろん言うわけには行かない。当人である藍川さえ知らないことだ。

スニーカーを履く実景の背中に、

「いってらー」

陽気な声が弾けた。


奥のテーブルで藍川は待っていた。実景を見つけると、手を上げる。

テーブルの上には紅茶とティーポット。そしてミントのケース。全席禁煙の店だ。はなから喫煙はあきらめているのだろう。

「お帰りなさい」

実景は向かいの椅子に坐った。

スーツ姿の藍川を久しぶりに見る。出張帰りということもあいまって、改めて自分と藍川の住む世界の違いを知らされる。少し寂しい。

「何飲んでるんですか」

「アップルジンジャーティ」

「じゃ、俺もそれで」

背後に立つ店員に言い、実景はメニューを閉じた。

「……なんだね、その、こういう店は、やっぱり女の人が多いね」

藍川が困ったように言う。たしかに女性客向けの、オシャレでスマートなデザインの店だ。そして八割以上が女性客だった。男がいてもカップルだったりと、男二人で顔をつき合わせているのなんて実景たちだけだ。

「そうですね」

「顔、どうしたの」

問われるまで、口の端を切ったことなど忘れていた。

「あ……なんというか……」

無意識のうちに舌でその部位を舐め、実景は口ごもった。

「ちょっと、やっちゃって……」

ぼそぼそと、東川との顚末《てんまつ》を語る。

「で、それ、このあいだ天ぷら屋にいた奴なんです」

藍川は真剣な顔をして聞いていたが、

「天ぷら屋っていうと、小四で一緒だったたっていう彼？」

そうか、とカップを口に運んだ。実景のところにもオーダーしたものが運ばれて来た。エプロンをつけた店員が、一杯目をカップに注いでくれる。

一揖《いちゆう》して去るのを待っていたように、藍川が、

「――悪い話じゃないと思う」

と言った。

「え？」

「殴り合いにせよ、人と関わるのは悪いことじゃない……それに、そうやって心配してくれる人がいるっていうのも……悪くないんじゃ、ないかな」

「……」

実景は言われたことを頭の中に再生した。悪くない……悪くないのか？　腹が立ったし、傷つけられた。東川の、憐れむような言い方を知らないからそう思うのだ。いい経験だなんてあるわけがない。

他の人間に言われたら仕方ないですんだだろうが、相手が藍川だったことで哀しみと反発がごっちゃになり、複雑な気分だ。

「殴られてよかったってことですか？」

ついきつい口調になってしまった。言って、自分でぎょっとする。なんて剣呑な声。

「そうじゃなくて……」

「東川に心配されたって、俺嬉しくもなんともないです」

「そんな傲慢な」

傲慢と言われて、実景はキッとなった。他の、どんな非難の言葉に甘んじようと、この自分が傲慢でなどあるはずがない。他人を恐れて、隠れるように生活している。傲慢になどなりようがない。

「俺のどこが？」

藍川は、やや怯んだ態《てい》でこちらを見ている。正しくないから怯むんだ、と実景は思う。藍川さんにだって、間違うことはある。

「傲慢じゃないと言うの？　心配してる人がいるんだよ。なんでもないとか、辛いとか、答えようがあるだろう。そんな相手の気持ちを否定することは、その人そのものを否定することになる。人一人の人格を否定できるほど、君は偉いの？」

「……っ」

信じられないことを言われているという気がした。藍川なのに、自分の気持ちをまったく判ってくれない。それどころか、東川を庇う。

今まで築き上げてきた友情と信頼が、がらがらと音を立てて崩れ去った。好きなのに……好きになった人なのに。彼もまた「外」にすぎなかったのか。

「土産」

放心している実景の前に、藍川は小さな包みを押しやった。

「……なんですか？」

「名古屋限定、『みそカツおっとっと』……珍しかったから」

藍川は、言い争いになりかけたことも忘れたかのように話を変える。今、実景を非難したことなど忘れたかのように。

「……ありがとうございます――ちょっと用事思い出したんで、帰っていいですか？」

「えっ」

驚く藍川をよそに、実景はもう立ち上がっていた。

後も見ないで、足早に店を出る。デパートの出口に向かって、走った。

判っていた。ほんとうは判っているのだ。藍川の言葉が的を射ていることを。

東川につっかかったのも、藍川に反発したのも、同じ理由からだ。要するに自分が可愛いのだ。人とうまく接することができない。皆のように人生を愉しめない。「普通の十八歳」にコンプレックスを抱いていること、そこを刺戟されればすぐに必要以上のダメージを受けること。そんな自分を否定しては生きていけないから、だから。

自分から避けた。人と人のコミュニケーション、関係を築く途中での些細なすれ違い。それにすら、触れたくなかったのだ。傷つかないために、自分を正当化して、小さなマンションの小さな部屋で、そこを天国みたいに思って暮らしてきた。そのことに触れていいのは、一緒に暮らしている家族だけだ。

そんなふうに、いつか思い込んでいたらしい。どうにもならない生活の中で、自分を悲劇の主人公に仕立て上げる狡さを、身につけたのだ。

家族以外で自分に触れて来た者たち……藍川と横山は大人だから実景のそんな狡さをスルーした。東川は、見過ごせなかった。それだけのことだ。

家に帰り着く頃には、すべて納得していた。藍川は正しいことを言った。それに、たぶん東川も。前向きになれと励ます昨今のヒットソングも、もしかしたら。

判るだけに、後悔はいっそう苦かった。

怒鳴りも、キレもしなかったが、どう考えても「怒って家に帰った」だろう、今日の自分の行動。

年下の者に——友愛をこめて——忠言しただけなのに、藍川もいい気分はしないだろう。失礼な奴、もう関わらないと思っているかもしれない。

そんなことになったら、もう「外」には出られない。一生。

自業自得で招いた結果に、実景はつくづく厭になる。どうしてこんな人間に育ってしまったのだろう。寛子を恨む。父親を恨む。

……間違いなく、自分のせいだ。

のろのろと二階に上がり、のろのろと玄関を開ける。

「お帰りー。早かったじゃん」

よしのが部屋から出て来た。

「タメシ食ってくるかなーと思ってたんだけど」

実景はのろのろと顔を上げ、姉を見た。

「？」

訝しげに首を傾げ、

「なんかあったの？」

よしのはいたずらっぽい表情になる。

「あー、藍川クンと喧嘩でもしたの？　図星でしょ、喧嘩したんだー……って、藍川クンの怒りのスイッチがどこにあるのか謎なんですけど」

言いながら、部屋の中にまで入ってくる。入るな、と閉め出す気力もない。実景は力なくベッドに坐りこんだ。

当然のように、よしのは隣に腰を下ろす。

「だいじょうぶ？」

横目に見ると、揶揄うような表情は消えて、よしのは弟を心配する姉の顔になっていた。

「や……べつに」

実景は平静を装うとしたが、うまく言葉が出ない。なんでもないよ。そんなに藍川さんと仲がいいわけじゃないし。あの人は亡くなった恋人のことを未だに愛していて、俺なんか入る余地ないって感じで、いやそもそも、藍川さんに愛情を期待するほうがどうかしてるんだけどさ。

そう言えたら、どんなに楽だろう。

「べつにって顔してないな。いいけど」

話を聞き出すのに失敗して、さっさと行ってしまうかと予想していたのが、よしのは前を向いて、なにか考える顔になっている。

「——あたしさ、失恋したんだよね」

長い間《ま》の後、よしのは言った。

「えっ？」

唐突に失恋などという語を、しかもこのタイミングで聞いて、実景はどぎまぎする。

それを口にしたのが、恋愛などとは無縁そうに見えるこの姉だということにも驚いた。

「なによ。そんなにびっくりすることないじゃない。あたしに彼氏がいたら、そんなにおかしい？」

「や、そうじゃなくて……」

「まあ、彼氏じゃなかったらしいんだけどねー」

よしのは大きくため息をついて、腕を伸ばした。

「広報の女の子と、二股かけられてたの。そんなこと全然気づきもしないで、あたしだけを好きでいてくれる人だと思ってつきあってた。あ、そいつ、職場の同僚ね。奴は営業二課、あたしは営業一課——どうでもいいか、そんなこと。ルックスよくて女の扱いに馴れてるから、女の子たちが群がって来るんだよね。その中で、あたしだけが選ばれたんだって思って、いい気になってた。莫迦みたい」

実景は黙って、淡々と語るよしのの言葉を聞いていた。家族とそんな話をする気恥ずかしさよりも、続きが知りたいという好奇心が勝った。好奇心などと言ってはまずいか。姉が失恋したというのに。

「で、つきあってたんだけど、実はもう一人いて——あたしはその子のことを知らなかったけど、向こうはあたしのこと知ってるみたい。というか、あたし以外はみんな知ってたんだって」

「……姉ちゃん、莫迦にされたのか」

「どうだろうねえ。言い出せなかったって、会社の子たちは言ってたけど。でも、こないだ屋形船に乗った時にそれを同期から聞かされて……ショックだった。帰りたかったけど、川の上じゃどこにも逃げられない。でね、酒に走ったわけよ」

実景の脳裏に、初めて藍川と会った夜のことが蘇った。泥酔した姉を送ってくれた藍川。盛大に吐いた後、よしのは泣いているようだったこと。

あれは、聞き違いじゃなかったのか。実景は深く納得した。騙されていたことを知って、よしのはひどく傷ついたのだろう。いや、哀しみのほうが大きいか。会ったことも名前も知らない相手を、実景は憎んだ。姉ちゃんにそんなことするなんて、赦さない。

「ま、週明けに出社して、今まで買ってもらったもの、安物ばっかだけど、洋服とかアクセとか、全部ダンボールに入れて机の上に置いといたけどね」

よしのは笑った。晴れやかな笑いだった。少なくとも今、ここでは無理をしていない。

そのことが判って、実景はやや安心した。

「ひどい奴だな。そんな奴、さっさと別れてよかったよ」

「あらま、藍川クンもそう言ったよ」

よしのはにまっと笑った。

「え……」

「あたしを送ってくれた時。タクシーの中で。よく憶えてないんだけど、あたし暴れてたみたいね。『でも、これでよかったよ。離れたほうがよかったよ』って——相手の男のことか、特別なんか言うってことはなくて、そういう悪口っぽいんじゃなくて、あたしのために安心してくれたみたいな……彼女でもない女の子を、しかもみんな手がつけられなくてさじ投げちゃったようなのを、ちゃんと介抱してくれて」

そこで一息つき、実景を見る。

「そういう奴なんだよ。いい物件だよ」

意味もなく、いやあるのかもしれないが、肩をぽんぽん叩いて立ち上がった。

「な、なんだよ。いい物件って。そんなにいいなら、むしろ姉ちゃんがつきあえよ」

「それとこれとは別。感謝してるけど、恋はできないよ。それにあいつ、女には用なさそうだから」

「！」

心臓が飛び出るかと思った。実景ははっとして、よしのを見上げる。

「カンだけどね。どっちでもあたしはいいや。関係ありません」

投げ出すように言って、姉は部屋を出て行った。

よしのの秘密はあきらかになったが、実景のそれはまだ封印されたままである。しかし、姉には封印を破る気はないらしい。最後の言葉でそれが判った。

——酔っ払った女の子を、見棄てず家に送り届けた。

——社内恋愛に敗れた彼女を、それとなく励ました。

——たまたま出会った欠陥人間を、放っておけずに救いの手を伸べた。

藍川の性格が、行動に滲んでいる。優しくて、誠実で、寛大な男。

そんな藍川を、自分は一瞬でも疎んじてしまった。自分に非があるのを認めたくなくて逃げたのを、優しく諭してくれただけなのに、反発した。なんでも判ってくれなきゃ友達じゃない……そんなことまで考えてしまった。

今すぐ謝りたい。簡単なことだ。電話をかければすむ。

しかし、謝ったところで、自分が卑小な人間であること、恩知らずなこと、強情で自分本位の欠陥製品であることを、藍川が知っているという事実に変わりはないのだ。

藍川のことだ。たぶん赦してくれるだろう。しかし、内心ではどう思っているか。醜態を晒したことは、藍川の記憶から消せない。それを窺いながらびくびく接しなければならないのかと思うと、取り返しのつかないミスを犯した気分になる。そう、取り戻すことはできないのだ。

せっかく手にした友情という宝物を、自分で踏みつけて毀してしまった。癇癪《かんしゃく》持ちの子どもみたいに。

友情だけで、よかったのに……。

電話なんて、かけられない。そんな勇気があれば、こんなことになっていない。

自分はいつもそうだ。努力を怠り、容易《たやす》く挫折する。チャレンジしない。ただ、なにか与えられるのを待っているだけ。そんな、怠惰で狡い人間なのだ。

一人の部屋の中、実景はいつまでも後悔していた。

翌日は朝から雨だった。例によって夜をやり過ごした実景は、六時過ぎに眠剤を飲み、ベッドにもぐった。朝食など、食いたくもない。ドアの外ではぱたぱたいう気配がしていたが、姉と母親が出かけて行ったのには気づかなかった。

三時過ぎに目を覚ました。雨はまだ降っている。実景は起き上がった。

テーブルの上に、一膳の朝食が用意されていた。

白身の焼き魚と、ほうれん草のおひたし。伏せた茶碗の横にメモ用紙。

「眠っているみたいなので起こさず行きます。

ご飯、ちゃんと食べて下さい」

寛子の字だった。

昨日さんざん自己嫌悪しまくったせいか、自分を責めるようなことはなにも浮かばなかった。ただ、こんな日でも、腹はすいているし、食べるものが目の前にあれば、自然と椅子を引き、食べる体勢になるということが判った。味噌汁を温め、ジャーから飯をよそった。

もくもくと遅い朝食——昼だが——をとりながら、実景は昨日のことを振り返った。朝からよしのにどやされて外出し、東川と会って殴り合った。その後会った藍川に、軽く逆ギレして席を立った。

喧嘩しまくりだな、俺。

やはり自分は「外」に触れてはいけない人間なのかと、苦いあきらめが喉元をせり上がってくる。人と触れあうなんて贅沢は、してはならないのだ。

いや、そんなふうに考えるのはよくない。あきらめの中に、叱咤する声を聞いて実景は自分ながらびっくりする。反省するうちに、そんな部分が心のどこかに宿ったのだろうか。とにかく奴の話を聞いてみよう。

――なんでも負の方向に考えるから悪いのだ。もっと前向きに、明るいほうを目指してみよう。OK？「外」はまだ怖いことばかりか？　エデンのライブはよくなかったか？　藍川さんと親しくなって、出かけたりするのは愉しくなかったか？

ノーである。それは、少しは怖い思いもするけれど、「外」に触れるのは悪いことではない。藍川の言う通りだ。昔の同級生と、殴り合うことも――いや、それは極端な例だが。だんだんに馴れて行って、「外」も怖くなくなって、いつか、部屋のドアを開ける。大地にしっかり足を踏みしめれば、そこからはどこにでも行ける。

うん。悪くない。

実景はほっとして、味噌汁を啜った。

思うだけではどうにもならないので、片付けを終えた後、実景は試しに駅まで行ってみることにした。

雨なので自転車は使えない。そんなにひどい降りでもなかったので、ビニール傘をさして実景は街路を歩き出した。

気温は高く、蒸し暑い。もうじき夏が来る。いや、もう来ているのか。夏の雨特有のうっとうしさが肌にまとわりつく。

幸いなことに、人はあまりいなかったので、実景はどきどきしたり、飛び上がったりすることなく駅に着いた。

着いたからといって、何をするでもない。柱に凭れて行き交う人々をぼんやり眺めた。牙を剝いて襲いかかってくる「外」は、今のところいないようだ。

やはり、気の持ちようなのだと思う。「外」なんて怖くない！　と思っていれば、平気でやり過ごせたりするものなのだ。

ぶらぶらと券売機のほうに近づく。上に表示されている路線地図を眺め、券売機に視線を移した。初老の女性が、切符を買っているところだ。券売機にあるすべての金額が表示される。

どこに行くのだろう。興味を抱いて見ていると、いきなり半分のランプが消えた。二枚買うらしい。切符を取り、踵を返した白髪の後ろ姿を見送り、実景はなんどとなく券売機の前に立ってみた。ポケットから財布を取り出す。千円札を二枚、投入してみる。

さっきの女性と同じ状態になった。一瞬躊躇ったが、実景はそのまま下段端のボタンを押した。

一番遠くまで行ける切符を持って、実景は改札口に向かう。

自分がなにをしようとしているのかさえ判らなかった。ただ、ずらり並んだ金額表示の赤いランプを目にした時、ボタンを押して出てきた切符を取った時の高揚感に押されるようにして、ホームに上って行った。

迷った末、電車に乗った。一枚の切符でどこまで行けるか……期待と不安に胸はときめいている。乗客も少なく、いたずらに実景をビクつかせなかった。

ターミナルで乗り換え、そこから西へ。四人がけシートの窓際に坐って、変わる景色をぼんやりと眺める。見馴れない田園風景。自分の住んでいる町もいいかげん田舎だと思っていたが、まだまだ続く田畑は、田舎どころじゃないと思わせる。町じゃなくて農地じゃないか。

やがて、車窓を叩く雨が小止みになった。窓に凭れて、いつしか眠っていたらしい。気がつくと、制服姿の車掌がこちらを覗きこんでいた。

「お客さん、終点ですけど？」

「……」

そそくさと降りる。熱海《あたみ》。

熱海まで来てしまった……せいぜい逗子《ずし》止まりだと思っていたので、さすがに実景も狼狽える。当然、切符でフォローできる限度を超えており、超過料金をばっちり取られた。

出て来た時はまだ四時前だったのだが、七時ともなると辺りはとっぷり暮れている。

改札を出て、実景はちょっと迷った。どうしようか。帰ろうか。行って帰るだけなら電車に乗り続けていればよかった。降りたのだから、少し周りを歩いてみよう。

温泉で有名な町である。駅前にずらり土産物屋が並び、ふかしたての饅頭《まんじゅう》が、どの店先でも湯気を上らせていた。

「いかがですか、お土産」

全然面識のない男に急に話しかけられて、飛び上がりそうになる。おそるおそる視線を巡らせると、エプロンをかけた四十過ぎの男がにこやかに立っていた。

客引きだったらしい。実景はごくんと唾を飲み込んだ。

「えと、こ、これを一つ」

目の前でふかされている饅頭を指した。

言ってから、一つって却って迷惑なのではと思った。だが男は笑顔でせいろの蓋を取り、薄茶の饅頭を紙袋に移す。

「ありがとうございます」

頭を下げる土産物屋の主人を後にして歩き出すまで、心臓はどきどき言いっ放しだった。

歩きながら実景は饅頭を割った。半分をもう半分にして口に入れ、その熱さに舌を火傷しそうになる。

はふはふ言いつつ、頬張る。なんの変哲もない温泉饅頭も、ふかしたては旨かった。

ぐるりを一周すると、時計は八時を回っていた。

帰ろうか。しかし、せっかくの冒険を、ここで終わりにするのはもったいない気もする。お店の人もだいじょうぶだったし、もう少しいてもいいのではないかと思う。

今夜はここに泊まろう。

そう思いつくと、心臓がどきどき言いはじめる。たった一人でよその町に泊まる……そんな経験は今までもちろん、ない。はじめての一人旅……ということになるのだろうか。もし完遂《かんすい》できたら自分が変わる……なにがどう変わるのかは判らないが、チャンスだと思った。

宿はすぐに見つかった。駅前のビジネスホテル。観光ホテルや旅館に泊まるほどの贅沢《ぜいたく》はできない。

前金を払い、渡された鍵を手に実景はエレベーターに乗る。五階の奥のほうの部屋だ。ビジネスホテルなんて入るのははじめてだったが、思ったよりきれいできちんとしている。棚にはポットと煎茶のティーバック、なんとドリップ式のコーヒーまで用意されてあった。こんな場所があるということさえ、自分は知らなかった。実景はこぎれいな室内をぐるり見渡し、今日の宿に満足した。

家のことを思い出したのは、バスタブに湯を溜めている時だった。

そうだ電話——なにも残さず、手ぶらで出て来たのだった。

連絡しないと、心配される。

なぜそんな大事なことに気がつかなかったのだろう。自分を叱り飛ばし、電話に手を伸ばした。

一回のコールで、よしのが出た。

『ミカ？　あんたミカなの？』

やばい。怒られる。

「う、うん……あの、俺」

『あんた、今どこにいるのよ？　言いなさい。そこはどこ？』

「あ、熱海……」

『熱海！』

よしのの声がドラマティックに裏返った。

『なに考えてんの、なんで急に熱海になんて、ちょっと、やめてよ、こいつ締め上げないと――』

電話の向こうで争う気配がした後、

『実景なの？　あんた無事なの？』

母親に代わった。

「う、うん。べつに、なんともない。ごめん、黙って出て来ちゃって」

『なにかあったの？』

「え？」

『家を出て行きたくなるようなこと……お母さんやお姉ちゃんがなにか――』

思わぬ言葉に、実景は困惑した。

「そんなこと全然……電車に乗ってみようと思っただけ。こんな遠くまで来るつもりじゃなかった」

『だいじょうぶなの？　人になにかされたりしてないのね？』

寛子が涙ぐんでいることに実景は気づいた。たまらなく申し訳ないと思う。

「俺はだいじょうぶだから。電車も乗れたし、お土産も買える……と思う」

『そんなもんいらないから、とっとと帰ってきな。朝の一番電車。行ったんだから、帰れるよな』

再び姉に代わった。

「帰れるよ」

実景がちょっと威張って言うと、まったく、と声をひそめた。

『あんたがいないんで、こっちじゃ大騒ぎだよ。一人でどっか行くなんてありえないし、誘拐されたんじゃないかって、もうちょっとで警察沙汰だよ』

「そんな」

『マジで。あんたを呼び出しそうな人なんて一人しかいないから、お母さんたら藍川クンにくってかかったりしてたんだよ？　藍川クン、大迷惑』

どきりとした。

「あ、藍川さん？」

『あんたの友達なんて彼一人ぐらいのもんでしょ』

「藍川さんに、その、俺がいなくなったって言ったの？」

『言ったわよ。他に心当たりなんかないもん。藍川クン、さっきまでうちにいたんだよ？　すっごく心配してたんだから』

「……」

心配していた……あんな無礼なまねを働いた自分を心配してくれていた……こんな時なのに、胸が高鳴る。

『まったく。藍川クン、今日会社でも一日中へこんでたのに、疑いまでかけられて。他人事ながら気の毒だよ』

「一日中へこんで……」

『つまんないミスを連発して課長に怒鳴られて、お母さんは電話でヒステリー起こしちゃってるし、残業中だったのに会社飛び出してうちに来たんだよ？　いわれもない災難。あたしだったら縁切るね』

そんなことになっていたなんて……実景は身を縮める。一人で「外」に触れてみる。ほんの思いつきの行動が、こんなにも誰かに迷惑をかけるだなんて、思ってもみなかった。

「う……」

『やっぱあんたたち、なんかあったんでしょ。まあいいから、後でちゃんと謝るんだよ？　どうせあんたが悪いに決まってる』

事実なので言い返せない。

それよりも、会社でも落ち込んでいたという藍川のことが気になった。ミスを犯してしまうほどに。それというのは、やはり自分が原因なのか。藍川は普通に話していたつもりだろう。突然怒り出して帰ってしまったことを、気にしていたのだろうか。

ホテルの名前と所在地、部屋番号と電話番号を告げ、『気をつけてね。無理しないで』

寛子の優しい労《ねぎら》いの言葉に送られて電話を切った。

そのままベッドに腰かけ、ぼうっとする。

藍川の顔が脳内のスクリーンに浮かんでいる。

自分が「家出」したということを、藍川は知っている。

藍川には、「喧嘩をした」という意識はない。たぶん、一方的にキレられたと思っている。

そんなことを確認しなくても、心配されていることは判った。

電話に手を伸ばしかけて引っ込め、また伸ばして躊躇する。

へこまされた上、あらぬ疑惑をかけられた今となっては、藍川もさすがに腹を立てているかもしれない。電話なんかして、うっとうしがられるのが怖い。

――あたしなら縁を切る。

藍川から縁を切られたら、どうなるだろう。愉しみになりかけた週末が、また灰色に戻ってしまい、自分のことを考えている人間は世界に一人もいない、という元の状態になる。

そんなことに耐えられるだろうか……どうせ喪すなら、このまま嫌われたままで――。

いや、そんなことを言っている場合ではない。自分が傷つくかというようなことは考えてはいけないのだ。どう考えてもこちらが悪い。昨日も、今日も。

それで嫌われて傷つきたくないなんていうのは、卑怯者の論理だ。

弱いけれど、臆病だけど、卑怯者にはなりたくない。

受話器を取り、指が憶えている番号をプッシュした。コール音が聞こえると、胸がどきどき言いはじめた。

『――はい』

「あ、俺、実景です……あの、今日はどうもすみませんでした。昨日のことも。ごめんなさい」

返事は聞こえない。電話の向こうで、藍川はどんな顔でいるのだろう。想像すると、肝が冷えた。

『今電車の中だから』

そして、返って来たのはそっけない言葉だった。

『あとで連絡する』

「あ、でも番号……」

『笹尾さんから聞いた。ホテルも部屋番号も』

それだけ言って、藍川は携帯を切った。

残された実景は、悄然《しょうぜん》とした。やはり、藍川は怒って昨日のことをか今日のも含めてか
……どちらにしても、疑惑をかけられたりして心象は果てしなくマイナス以下に落ちたに違いない。

しょうがない。それだけのことをしたんだから。

でも、と実景は思った。電車の中ってどういうことだろう。

笹尾さんから聞いた、と藍川は言った。

もしかして、藍川はこちらに向かっている……？

それに思い当たると、はっとした。

しかし、次にはそんな莫迦なと打ち消した。藍川がそこまでする理由はない。とりあえず無事だと判った時点で安心しただろうし……もし、謝って赦してもらえるなら。

気づけばそんなことを考えている自分の醜さに腹が立つ。これだけのことをしでかして、まだ甘い夢を見ている……。

放心している間に、何時間が過ぎただろう。

ノックの音に、肩がびくんと震えた。

ドアを見る。おそるおそる立ち上がる。またノック。じりじりとドアに近づく間に、さらに二回。

「――どなたですか」

訊かなくても、判っていた。

ドアの向こうに立っていたのは、

「藍川さん……」

会社帰りそのままの藍川だった。上着を脱ぎ、腕にかけている。薄昏い灯りに、眼鏡のレンズがきらり耿った。

どんな表情でいるのか、確かめる前に、

「バカヤロー！」

藍川がそんな大声を出すということも、怒鳴るということも、予測していなかった。

「人がどれだけ心配したと思ってるんだ！」

叫んだ後、ふいに実景をぎゅっと抱きしめる。

「君に……君になにかあったらと俺は……君に――」

いきなり抱き竦められ、実景はなにがなんだか判らない。思いがけず逞しい腕と、微かな汗の匂い……藍川が今、ここにいて、自分を抱きしめていることだけは理解した、が、なんでそうなったのかは、全然判らなかった。

「――ごめんなさい」

やっと藍川が腕を解いてくれたので、実景は頭を下げた。

「お母さんがその……厭な思いさせてすいませんでした。あと、昨日も俺――」

どぎまぎしながら言いかけると、藍川はため息をついて、

「よかった」

いつもの温かい笑顔になった。

「無事でいてくれたんなら、それでいい。俺の大切な人が、また急にいなくなるのかと思った……心臓には悪いな」

思い出した。藍川の恋人は、外回りの最中に、車の中で突然死したのだと。行方不明になり捜索したところ、亡くなっているのが見つかったのだった。

「ごめんなさい」

実景はひたすら頭を下げた。

「俺、こんなことになるなんて思ってなくて……お母さんや姉ちゃん以外の人にも迷惑がかかるってこと、想像してなかった」

「お母さんや姉さんにだって、迷惑かけちゃいけないだろ」

諭され、実景ははっとした。そうだ、二人にはただ家族だからというだけでいろんなことを赦してもらっている。面倒ごとを起こしたり、カウンセリングに行かざるを得ないような状況を作ったり。

家族だから、それも仕方ないことだと漠然と思っていたのだ。しかし、寛子やよしのが、いったいどんな迷惑を自分にかけただろう。騒動を起こす厄介者は、自分だけである。

そんな自分を、彼女らは受け止め、黙って対処してくれている。ただ息子だから、姉だからという理由だけで――。

今まで、そんなことにも思い当たらなかった自分に、実景は呆れる。

同時に、自己嫌悪がこみ上げた。情けなくて、鼻の奥がつうんとする。あ、だめだ。ここで泣くなんて狡いぞ。

なんとか涙をひっこめ、実景は藍川を見上げた。

「お母さんと姉ちゃんにも迷惑かけないようにします――するから、赦して下さい」

「赦す？　なにを？」

「昨日のこと……一人で怒って帰ったことと、今日、俺のことで悪人扱い受けさせたり、こんなところまで……」

「ああ」

藍川は頷き、こちらに踏み込んだ。背中でドアが閉まる。

「そんなことはいいんだ。昨日は、なんで怒らせたんだろうって思って、どうしても判らなくて、ちょっと考え込んじゃったけど」

そのせいでミスを連発し、課長に叱られたのだ。

そう思うと、実景はますます身のおきどころがなくなる。多大な迷惑――というか被害を、家族とこの人に与えてしまった。

「でも、明日も会社でしょう？　こんなところに来たら」

「それはいいんだ。自分の意志でやったことだから。大切な人のためなら、どこにだって行く」

二度目に聞いて、やっと思い当たった。二度も「大切な人」と言われたことに。大切な人、藍川はさっきもそう言った。

俺のことを？

「た、大切って……」

「君は俺にとって大事な人だ」

藍川はまっすぐにこちらを見る。

実景はぼんやり、それを反芻する。大切な――大事な人。でも、なんで？

ああ、と気がついた。

「エデン仲間だからですね。貴重な理解者。俺も藍川さんは大切な人だって思ってます。他にはエデンのこと話すような相手もいないし」

藍川の顔が、次第に翳って行くのを感じ、実景は口を噤んだ。

なにかに耐えるような、苦しそうな顔をしている。

「藍川さん……？」

「君はそうでも、俺は違う」

「えっ」

「君は友達だと思ってるかもしれないけど」

「だって、藍川さんが友達だって……」

「頼むから聞いてくれ。俺は、友達や仲間としてではなく、恋愛の対象として君を大切に思っている。君が好きだ。俺は君が好きなんだ」

実景はめまいをおぼえながらその信じがたい言葉を聞いていた。今なんて言った？　今、好きだって言った？

恋愛の対象として。

好きだと言っている。藍川が、自分を好きだと。

信じられなかった。

誰かが自分を好きでいてくれる。母だから姉だからという理由からではなく、関係のない赤の他人なのに、好きだと。

「そんなにショックなのか……」

あまりの幸福感で胸がいっぱいになってしまい、言葉も出ない実景を見て、藍川は肩を落とした。

「そりゃまあ、普通じゃないもんな。男同士なんて。重荷になるようなら俺は」

「ち、違います！」

実景はようやっと声を出した。自分が再び喋れるかどうか、その声を聞くまで疑っていたことが判った。だが、声も出たし言葉になった。ほっとする。

「そうじゃなくて、俺は……俺も……藍川さんが友達って言ったから、友達まででもあきらめるつもりで」

「あきらめる？」

「お、俺は……その、藍川さんと同じで、っていうか」

もごもごしている自分に苛立つ。すっぱり言ってしまえ、芽生えたばかりのポジティブな感情に背中を押されるようにして、実景は、

「俺も……藍川さんが好きです。と、友達じゃちょっと残念かな、って……」

顔から火を噴きそうに感じた。自分がまさか、こんな科白《せりふ》を吐く日が来るなんて、思ってもみなかった。

藍川の目に活気が戻り、

「ほんとうに？」

少し心配そうに念を押す。

「無理してない？　俺に合わせなくていいから」

「し、してないです……ほんとに……ずっと好きで……でもそんなこと、藍川さんには忘れられない人がいるし……」

「ああ、忘れることはできない。……いや、実際自分がまたこんな気持ちになることがあるなんて考えたこともなかったんだが」

藍川は首を傾げる。

「ほんとうに、俺なんかでいいの？」

実景は頷いた。

「忘れられない人がいても、忘れなくても、俺が見ている藍川さんは、俺から見た藍川さんでしかないから」

昂奮のあまり、日本語がおかしくなっている。実景は頭を叩いた。うまく言えない。

「藍川さんこそ、俺なんかどこがいいんですか」

「初めて会った時、単純に見た目で惹かれた。エデンの話をしながら、なにか必死にこっちに向かって手を伸ばされてるような感じがした。表に出すことのできない、無意識のＳＯＳを受信したと思った。だから、俺のほうからも手を伸ばした」

その手を今、自分が摑んだ。

戸惑いの中に、誇らしいような思いがあった。そして、溢れるような恋情が、実景の胸を圧す。

押し出されるようにして涙が出た。あっと思った時にはもう頰に零れている。

「あ……」

止めようとして必死になるが、涙は後から後から湧いてくる。

頰を、藍川の指がそっと拭った。

「俺も泣きたい気分だ」

実景の背中に腕を回す。

そのまま顔が近づいた。

どうやってするものなのだろうと思っていたが、自然と顔を傾け、キスを受けることができた。藍川の唇。温かな微笑みを零すその唇が、自分に触れている。

実景にとって初めての経験だった。心臓はもうばくばくしていて張り裂けそうだ。床から三センチぐらい、身体が浮いているような気がする。

だというのに、じっとして、すましてキスしている。自分は今どんな顔をしているのだろう。それより藍川は？　知りたかったが、目を開けることはできなかった。

やがて、藍川の舌が歯列を舐め、誘うようにつつき、開いた唇の間からするり進入してき

た。口腔《こうこう》内を舐めるように動き、縮こまっている実景の舌をとらえる。

あ……。

勁く舌を吸われると、心まで一緒に吸い上げられているような痛みが胸を走った。

痛いのは一瞬だけで、それはすぐに甘美な喜びへと変わる。

実景も藍川の身体に腕を回してしがみついた。とろとろと唾液が互いの口腔に流れたが、そんなことは気にならなかった。

舌を吸いながら、藍川は実景の身体をまさぐる。手が身体を這い、双つの山を撫で回す。ひどく卑猥なことをされている気がして、実景は身を捩《よじ》った。と、腹に藍川の下肢が触れる。そこが硬くなっているのを、布地越しに感じた。そして、自らのその部分もまた変化していることを。キスをして、身体を触られただけで、そこは早くも感じはじめている。

経験もないのに……。

意外にエッチな気分になっている自分に気づき、実景は内心焦った。まずいだろう、これは。

そんなことをしたら次には――想像するより早く、ベッドに倒れ込んでいた。

シングルサイズのベッドが、二人分の重みにきしきし悲鳴を上げている。

キスしながら、Tシャツの裾をまくり上げ、藍川が素肌に触れてきた。ぞわりと馴れない感触に実景は戸惑う。藍川の手が胸の突起に触れた。ボタンのようにそこを押す。

「あ……」

触れられたとたん、ビビっと身体に電流が走ったように感じた。思わず声を出してしまった。

指はなおも捏《こ》ねるように乳首を撫で、時に先端の尖りをきゅっと引っ張ったりする。

「あ、あ……」

そのたび初めての感覚に見舞われ、実景はどうしていいのか判らない。ただ、されるままになるだけだ。

両胸を弄りながら、藍川は実景のTシャツを脱がせる。

と、温かく柔らかいものが乳首を包んだ。

藍川の唇……と思ったとたん、たまらなく恥ずかしくなる。藍川は胸に口づけながら、舌先で尖りをちろちろと舐めた。

「あ……ん」

下肢が苦しくなる。かわるがわる胸を愛撫され、身体の中心が形を変えていることを自覚している。

そんなことを知られたくはなかったのだが、藍川の手が下肢に滑り、まさにそこをとらえた。

「あ、や……っ」

抵抗する間もない。ボタンを外され、前をくつろげられた。

下着を潜り、藍川は手のひらで実景の欲望を包む。

「だ、だめ……っ、触らない……で」

抗っても、身体に力が入らない。藍川の手にとらえられ、やわやわと揉まれる。

半勃ちだった性器は、何度か扱《しご》かれるうちに完全に勃《た》ち上がり、先端からとろりとしずくが溢れた。

「あ……」

実景は固まってしまう。性のことにほとんど無関心で、自分でしたことすらほとんどないのが、他人の手によって反応し、勃たされてしまっている……。

それどころか、もっともっととねだるように、先端が震えている。

茎を扱きながら、藍川は胸への愛撫を再開した。

「ん……んんっ……」

前を弄られながら乳首を吸われると、甘い痺れが全身を駆け巡った。下腹部に渦巻く久しぶりの射精感。解放してほしくて身を捩ったが、藍川は実景を握りこんだまま、離さない。

「だ……だめっ……で、出ちゃう……」

「だいじょうぶ」

藍川は実景の頭を撫でた。

「出していいから……」

そんなことを言われても。なにもすることもないまま、射精に導かれるのは厭だ。歯を食いしばって、実景は耐えた。藍川の愛撫は絶妙で、実景はこんな時だというのに、藍川の恋人のことを思い出してしまう。

藍川さんは、馴れてるんだ、こういうこと……。

嫉妬ともつかぬ感情がこみ上げる。

やがて、手が離れた。

解放されて実景はほっとする。

と、藍川が信じられない行動に出た。

身体をずらし、実景の足の間に顔を埋める。

「あ……だ、だめっ、そんな、きたな……」

「俺のしたいようにさせて」

藍川は顔を上げ、実景の唇にキスをした。

「君のことを知りたいんだ。君の全部を感じたいんだ」

そう言うと、先端を口に含む。

「ああ——っ」

実景は悲鳴を上げた。はじめての感覚は恥ずかしくて、だが気持ちがよくて、狂おしい快感に身体が跳ねる。

茎を丹念に舐めた後、藍川は喉の奥まで実景を咥え込んだ。

温かい粘膜に包まれ、ひっと声が出る。

そのまま、前後にゆっくり出し入れしながら、藍川は口で実景に奉仕した。

こんなにされて……だんだんかすんでいく景色を眺め、実景はぼんやり思う。こんなことさせちゃってる、俺……。

他人と肌を触れ合わせることなど、想像したことさえなかったのに。

セックスは、実景にとって関係のない世界の言葉だった。することもないまま人生が終わるんだなと思っていた。それはべつに哀しいことではない。ふた月に一回ぐらい、むずむずするものを感じて、自分で処理していたが、他人の、生身の口でされるのとは較べようもない。

薄目で見ると、藍川の頭が自分の足の間で上下していた。

とほうもなくエロティックで、感じたことのない快感に包まれて、下腹部で渦巻くものはいよいよ爆発寸前だ。

「だ——だめっ。出る、もう出る……から……」

実景は藍川の頭を引き剝がそうとした。刹那《せつな》、藍川の喉の奥にぎゅっと締めつけられる。

「ああ――っ」

たまりかねて迸《ほとばし》らせてしまった。

射精の後、混乱している実景に、服を脱いだ藍川がかぶさって来た。

「あ、藍川さん……俺のを、その……」

藍川は答えず、再び口づけて来た。

今度は実景も少し馴れて、藍川の裸の背中に腕を回した。無駄な筋肉のついていない、意外に逞しい身体。

触れている。

全身で。

キスしながら、藍川はまた中心を探って来た。

一度放ったばかりだというのに、やわやわ揉まれると、反応してしまう。

自分の身体が制御できないもどかしさ。俺、ものすごくエッチだって思われてないか？

こんなに勃ちまくっちゃって……すぐにそんな意識は消え、足の間で蠢《うごめ》く欲望を、藍川に任せる。

やがて、先端からまた、蜜がこぼれて来た。

それを指で掬いとり、藍川は実景の腰を引き寄せるようにして、後ろの穴に触れる。

「！　だっ、だめです、そこは！　いくらなんでも……あ」

入り口付近をそよぐ指を、なんとか押し返そうとした。

「ここで君と繋がりたい。……厭か？」

そうではなく、場所が問題なのだ。

藍川とひとつに繋がりたい。

それはそうだけれど、こんなところに……と、やはり羞恥をおぼえずにはいられない。

藍川は、真剣な目で実景を見下ろしている。眼鏡を外すと、おそろしく整った顔が露わになって、藍川じゃないみたいだ。

そんな顔をされたら、恥ずかしがっていることがさらに恥ずかしい。

「厭……じゃない……」

実景は小さな声で返した。

すぐに、

「うっ」

という呻きに変わる。

塗れた藍川の指が、後孔に差し入れられた。

根本まで入れると、中で動き始める。

「あ——ああっ」

探るように動いた指がある部分に触れると、実景は勁い快感に見舞われた。

「ここ？　……ここが感じるの？」

なおもそこを引っ掻くようにしながら、囁く。

熱い息を耳に吹き込まれて、火照《ほて》った顔がますます熱くなる。

実景の先端から溢れたものを塗りこめるように、指が動いた。

そしてポイントを突かれる度、藍川の手の中のものがぴくんぴくんと跳ねた。

やがて、指が二本になる。

異物感があったのは入れた時だけで、あとはそこから与えられるめくるめく官能に、実景はただ押し流される。

張り詰めた前は、いつまた弾けるか判らない。

「あい、かわ、さ……おれ、も……」

身もだえしながら告げると、藍川は、

「俺も。もう限界」

藍川の下肢が烈しく欲望を訴えているのは、身体に触れる度感じていた。

あの熱くて硬いものが……。

「実景……」

濡れそぼった先端が、入り口に押し当てられる。

「あ――ああっ」

やはりそれは痛みを伴うもので、実景は悲鳴を上げてしまった。

「痛い？　ごめん。痛いよな……」

藍川が罪悪感をおぼえたような顔になる。

藍川にも感じて欲しい。

さっき自分が感じたようなことを。

「だっ、だいじょうぶ……っ」

実景は藍川の背中に縋りついた。

「だいじょうぶだから……して」

その言葉に押されるように、藍川が腰を押し入れて来る。

痛みと圧迫感。それにあんなところにあんなものが入っているという恐怖に、実景は震えそうになる。

そうならなかったのは、藍川がぎゅっと抱きしめてくれたからだ。

俺たち、ひとつになったんだ……。

セックスなんて性欲の処理をするだけで、もともと性欲の薄い自分には関係ないことだ。

今まで、そんなふうに思って来た。

けれど、こうして繋がってみて判った。

それだけじゃない。離れている二人が、こうしてひとつに繋がり、繋がっているということを心で感じるということだ。身体だけでなく、心もひとつになって、互いの烈しい思いをぶつけあう――。

「……動いていいか？」

ややあって、藍川が囁いた。

実景は頷いた。

ゆっくりと、藍川が動き出す。

その度、痛みが走るのはどうしようもなかったが、それだけではない感覚が内側から生まれはじめる。

感じるポイントを突かれると、下肢に疼きが戻って来る。

「あっ、あ、ああ、あっ、あっ……」

ひと突きごと、実景は喘ぎ、その度深まる快感を中心でおぼえた。

間違いなく、セックスを享受している。

はじめてなのに。こんなことをするとは、思ってもみなかったのに。

藍川の動きが次第に速くなり、腰を打ちつけられるごと、ぴたぴたと肉の相打つ音を立てる。

「あ、も……」

揺さぶられながら、実景は訴えた。疼きがもうどうにも抑えきれない。また一人でいってしまいそうで、それは厭だ。

「あいかわさ、おれ、もう……」

実景は身を震わせて遂情した。

藍川を包んでいる肉壁が、きゅうっと締まるのを感じる。

藍川は低く呻き、実景の中で極まる。

身体の中心に注ぎ込まれる熱の飛礫《つぶて》を、実景は遠くなっていく意識の中でうっすら感じていた。


狂おしい時間が去った後の、穏やかな空気が部屋を満たしている。

実景は藍川の胸に凭れかかるようにして寄り添い、藍川の腕は実景の背中に回っている。

「俺、なんか藍川さんにいろんなもの貰ってる」

実景の呟きに、藍川はえ、と問い返した。

「電車に乗ったり、コンビニ行ったり、『外』に触れられるようになったのは、藍川さんと会ったからなんだ」

いつのまにか、敬語を忘れてしまっている自分に、その後気づいた。

「ごめんなさい。会ったから、なんです」

「いいよ。そんな他人行儀な口をきかないで」

「……」

「俺も、君には救われた。君の手を摑まなかったら、俺は一生誰かを愛することもなく、思い出の中に生きただろうから」

「……俺ならいいよ。俺といる時にその人を思ってても、身代わりでも」

「そうじゃない」

藍川は実景を遮った。

「誤解しないでほしい。彼の代わりに君と、なんて思ってない。誰の身代わりでもなく、俺は君が君だから好きになったんだ」

いや、どんな形だろうと、好きになられたら嬉しい。

そう思っただけなのだが、今の藍川にはまだ、実景の心の中を知ることができない。

これからゆっくり、少しずつ見せて行って、心から判り合える同士になる。

夢みたいだった。「恋人」なんて、自分には関係ないもので、藍川を好きになってからも、そんなのは過ぎた願いだと思っていた。

「天ぷら屋の彼のこと、今でも赦せないと思ってる？」

不意に問われ、実景はえっと言った。

東川のことなど、今まで忘れていた。だが、藍川と仲たがいしたみたいになったのは、そもそも東川が原因なのだった。

「全然。あいつはあいつなりに、俺のこと気遣ってくれたんだろうし、そういう人がいるっていうのは、ありがたいことなんだし。逆に悪かったと思ってる」

「そう……君はこれから、少しずつ外に出て、君の言う『外』にも馴れて、怖がらずに人と接することを憶えたほうがいい——昨日、そう言おうと思ったんだけど、昨日なら怒られてたかな」

「わ、判んないです」

「判んないか。そうか」

「怒ってたかもしれないけど……そしたらどうなったか、考えると怖い」

「怖くはない。君が怒って俺が困って、また土曜日が来たらメシにでも誘って……うまく行ったかどうかは判らないけど」

「うまく行くよ。俺、その頃にはとっくに反省して、また自己嫌悪に閉じこもってたに違いないもの」

藍川は笑った。

実景の好きな、温かい笑顔。

こんなふうに笑う人と出会ってよかった。

好きになってもらえて……よかった？

どうも、それだけは実景には不馴れなもので、愛される喜びとか感慨を素直に受け入れられるまで、まだ時間がかかりそうだった。

それでも、と思う。この人と一緒ならだいじょうぶ。

生まれてはじめて好きになった「外」だから。

実景は幸せな気持ちで、藍川の胸に頭をきゅっと押しつけた。

それに答えるように、藍川がふたたび重なってくる。

キスをしながら、身体を撫で合い、やがて熱い夜の第二幕へとなだれ込んで行った。


「いただきます」

朝のダイニングテーブルで家族三人、声を揃えた。

「あー、味噌汁に卵って考えた人、天才だね」

ずるずる味噌汁を啜りながらよしのが言う。

「お母さんが思いついたのよ。お母さんが天才なのよ」

「って思ってる人がいっぱいいるんだろうなあ」

「まっ」

他愛《たわい》のないやりとりを聞きながら、実景はししゃもを齧った。

いつもの朝の、いつもと変わりない光景。

「よしの、お味噌汁をご飯にかけるんじゃありません。外で出るわよ」

「だからー、会社の奴らになんて正体見せてないっつの。外面だけで世の中渡ってんだから」

自分で言い、肩を竦めた。

寛子が顔をしかめてみせる。よし、と実景は覚悟した。

「俺、バイトしようかな」

「えっ」

母親と姉が、同時に言う。

「えええええええーっ」

よしのは箸を握ったまま口に手を当てる。

「どうしたの、あんた」

「実景、本気なの？」

同時に問われて、実景は頷いた。

「どうもしないけど……ニートって言われるの、やだから」

熱海で藍川と結ばれてから、一週間。

実景は実景なりにいろいろなことを考え、出した結論だ。

外に出る。働く。働いて金を得る。

そんなあたりまえのことができない自分は情けない。今まではなら情けなく思ってそれきりだったが、そんなことではなにも変わって行かないと思った。

「そんな、今さらあ」

よしのが肘でつついてくる。

「茶化すんじゃありません。実景、それで心当たりはあるの？　どこで働くの？　お店？」

「駅前に募集広告が出てたから、そこに面接に行ってみる。コンビニの深夜バイトならだいじょうぶかなって……」

「あー、逆転生活は続けますか。そうですか」

「そうなの。深夜なんて危ないんじゃないかしらねえ。強盗が入ったりして……」

「お母さん、まだ決まったわけじゃないって」

「とにかく、面接行くから。だめだったら、よそを探す」

「バイトバイトっていうけどねえ、バイトだって大変なのよ？　仕事はともかく、人間関係がいろいろと。そういうの、だいじょうぶなの？」

いつになく真剣な顔になる姉に、

「だいじょうぶじゃなかったら、だいじょうぶなところを探すから」

答える。よしのは肩を竦め、

「ああ、よくあるアルバイトを転々とし……みたいなのね。その経歴が将来映える職業は作家とかミュージシャン。犯罪者ってのもあるか」

「……よしの」

よしのは平気な顔で立ち上がった。

「ごっちそうさまー。あたし、今日は飲み会だから遅くなる。ミカ、ちゃんとクリニック行くのよ？」

洗面所に向かう暢気《のんき》な背中を見送りながら、寛子はため息をついた。

「実景がせっかく決心したことなのに、あんな言い方するなんて」

「いいよ。俺は気にしてないから。姉ちゃんなりの愛情表現だろ」

母親は鼻白んだ顔になり、それから破顔した。

「実景もだんだん頼もしくなって来るわね」

「あ、いいよ。俺がやるから」

実景は手早く、汚れた食器をシンクに移した。

「ありがとう。クリニック、忘れないでね」

はいはいと、実景は母親を送り出した。

蛇口をひねって水を出す。

今はまだ、食事の後片づけぐらいしか手伝っていないが、もっとどんどん家のこともやろう。家族だからというだけで、甘え放しはいけないのだ。

午後過ぎに、実景は家を出た。

自転車に跨《また》がりながらヘッドホンをかぶる。

思い直して、ヘッドホンを外した。

溢れる町の音——工事や車や、どこかから聞こえるヒットソングや——の中に、漕ぎ出す。

もう、閉ざさない。

自分だけの天国に閉じこもるのはよそう。触れてみれば怖いことや厭なこともあるだろう。それでも「外」は自分にとってなくてはならないものだ。遮断してしまうには、「外」には魅力が溢れすぎている。少なくとも、実景にはそう映る。

恋を知って、勁くなった。

勁くなったから、もう人を怖れたりしない。いや、怖ろしいことはきっと起こるのだろうし、その度落ち込み、沈む日もあるだろう。

それでも、一人じゃない。

同じ風景を見、同じものを聴いて、同じ感動を分け合える恋人がいる。

困難に直面したなら一緒に立ち向かおう。哀しいことがあれば慰め合おう。

この先どうなるかなんて判らないけれど、今は幸せな自分がいる。いつか崩れることを怖れてしり込みしていては、すぐそばにある幸福すら摑むことができないのだ。
いつものようにクリニックに着いて、待合室でしばらく待つ。
やがて名前を呼ばれ、実景は立ち上がった。
開いたドアの向こうで、坂井が待っている。
実景は思い切り深呼吸した。
「先生、好きな人ができました——」

ONCE A DAY

バイト明けの朝の空は眩しい。

コンビニの裏口に立ち、実景《みかげ》は空を仰いだ。

「みーちゃん、なんか用ある？　お茶でも飲んでかない？」

後から出て来たバイト仲間のまりが、声をかける。

近所にあるファミレスの名を聞いて、実景はちょっと迷ったが、

「や、今日は、これから出かけるんで」

そう答えた。

まりの整った眉がきゅっと下がる。

「あ、デートだ。デートだなあ？　そうでしょ」

冷やかすように言われ、実景ははあ、となんとなくため息をついた。

アルバイトを始めてから半年。

仕事にも人間関係にも馴染《なじ》んできたところだ。

もっとも、人間関係といったって、同じアルバイト仲間と、当直の社員ぐらいのものだ。

大したやりとりがあるわけでもないし、一番年下の実景はただ皆に丁寧語で接するだけでいいのだが。

そんな簡単なことが、しかし半年前まではできなかったのだ。

思えば感慨深い。女子大生で、深夜バイトにもかかわらずしっかりメイクをしてやってくるまりとも、気後れせず話せるようになるとは、最初はまったく思ってもみなかった。あ、苦手なタイプ。昔の自分なら、ぱっと見ただけで逃げ出したことだろう。

二十四時間営業の店などは深夜に女の子を使うことは、昔はなかったらしいが、最近では防犯設備も整ったせいか、コンビニでもファミレスでも、深夜に女の子が働いている。

まりは、中学まで合気道を習っていたとかで、「強盗なんか、秒殺だよ」というのが自慢のちょっと変わった女の子だ。

勤務中に私語などはあまりかわしてはいけないのだが、客が来ず暇な時など、互いの家のことや趣味の話などして、気心の知れた仲になった。

本当に、進歩したものだ。

以前の自分を考えると、嘘みたいな変わりよう。

おかしくなるくらい、普通の十八歳だ俺。

まりを見送りながらバッグを背負い直し、実景はちょっとむず痒《がゆ》いような気分になった。

変わったのには理由がある。簡単なことだ。恋をした。

人を好きになって、少しずつ勁《つよ》くなりはじめて、そうしたら相手のほうも自分を好きだと言ってくれて——つまりは恋人ができたのが半年前。

それまで、ほとんどひきこもりだった生活が、劇的に変わった。

バイトをはじめ、家のことなども積極的にやるようになり、もう厄介な穀つぶしでなくなった。

昼間寝ていて深夜活動する生活はあい変わらずだが、それも仕事の都合上仕方がない。

そして、土曜日には恋人と過ごす……。

今日は藍川《あいかわ》の家に行くことになっている。

家に戻って朝食をとり、九時過ぎにまた家を出た。

途中、行列ができているシュークリームの屋台でできたてのを二つ買い、実景は自転車で自宅とは反対側にある藍川のマンションに向かった。

つきあうようになって半年が過ぎたが、藍川の部屋の呼び鈴を押す時は、今でもどきどきする。

「実景？」

応答があって、すぐロックが解除された。

八階に上がると、藍川はドアを開けて待っていた。

「いい匂い」

鼻をうごめかせる。

「シュークリーム。そこで売ってたから」

実景は、紙袋を目の高さに掲げてみせた。

「ああ。なんか最近評判なんだって？」

「いつもすごい行列だよ。今日は少なかったから、並んでみた」

実景の言葉に、藍川は嬉しそうに頷《うなず》く。

以前だったら、そんな、大勢の人がたかっているような場所には近寄りもしなかっただろう。

それが、今では並ぶのも苦にならない。帰りに、母親と姉にも買って帰ろうと思いながら、実景は藍川の部屋に上がった。

リビングは、いつものようにきれいに片付いている。

AV機器とチェスト。チェストの上のフォトスタンド。

実景はその横にシュークリームの包みを置き、軽く手を合わせた。

写真の人は、藍川の昔の恋人で、三年前に過労が原因で亡くなった。

その人のことを、藍川は今でも忘れずにいて、だからこうして写真を飾っている。

それを知っていて、実景はここに来るたびその写真に手を合わせる。

悔しいだとか妬ましいとかは思わない。

その、過去の辛い出来事も含めて、藍川を大切に思っているから。哀しみを抱えた藍川を哀しみごと好きになったのだ。やきもちを焼くなんて、筋違いだ。

「ありがとう、実景」

振り返ると、藍川が微笑んでいた。

「実景に供養されて、彼もきっと満足してると思う」

「妬いてないかな」

実景が笑うと、

「妬いてるかもね」

藍川は実景を引き寄せた。

唇が重なる。触れ合わせてから、深く口づける。歯列を割って藍川の舌が口腔《こうこう》内に侵入し、舌を絡めとられた。

きつく吸い上げられ、頭の芯がくらくらする。ふらり足元がおぼつかなくなった。

「ん……」

もつれるようにソファに倒れこみ、より深い口づけを受けた。

藍川の手が、実景のシャツの裾をまくり上げた時、腹がぐうと鳴った。

「……」

「あ、ごめん。ご飯まだだっけ」

藍川は上体を起こし、照れたように言う。

「おなかすいてる？」

「さ、さっき食ったばっかなんだけど……」

醜態を晒《さら》したようで、恥ずかしい。

夜の十一時から朝五時までのバイトである。家に帰るとまずベッドに入り仮眠。朝食をとって再び寝る。

今日は寝坊をしてしまったので、冷蔵庫にあったバナナを一本食べただけで、実景は家を飛び出して来たのだった。

「なんか作るよ。パスタでいい？」

「でも、修一《しゅういち》さんはご飯……」

「実は俺も腹ペコなんだ。朝からコーヒー二杯しか飲んでない」

「えー、よくないよそういうの。そういう生活」

お前が言うかという話だが、実景は心配になって言った。

「そう言われてても。基本的に朝は食べないから」

「トマトジュースとバナナだけでもいいからさ、食べたほうがいいよ」

やがてパスタが茹で上がる。

藍川はオリーブオイルを引いたフライパンでニンニクと鷹の爪を炒め、パスタを入れて塩・胡椒を振った。

「簡単で悪いけど」

ニンニクの香りが芳ばしい、ペペロンチーノの出来上がりだ。

カウンターの椅子に並んで、しばらく無言でずるずるパスタを啜《すす》る。

朝食の後は紅茶を淹《い》れ、二人はリビングに移動した。

「旨《うま》かった。修一さん、料理上手なんだね」

「そうでもない。パスタと卵料理ぐらいしかできないよ。あと生野菜」

「それだけでも、できるだけましだよ……俺なんか、卵も焼けないもの」

実景の家では、母親か姉、先に帰ってきたほうが夕食を作る。朝は姉が起きられないから母親の仕事になっている。

夕飯ぐらい、自分が作るべきなのではないかと、このところ気になっているのだった。

実景がそう言うと、藍川は感心したように、

「へえ。実景がおさんどんをか」

「……揶揄《からか》わないでよ。真面目な話なんだから」

「とりあえず、ペペロンチーノの手順はわかったよね？」

「う、うん」

横で見ていたのだから、作り方ぐらいは憶えた。

「でも、旨く作れるかどうか……」

家でやってみようと思いつつも、実景は不安だ。

すると、藍川がこう言った。

「料理は、愛情だよ」

「愛情？」

「おいしいものを大切な人に……そういう気持ちがあれば、誰だっておいしく作ることができる」

さっきのパスタも、「大切な人に」作ったものだから、あんなにおいしかったのだろうか。

意識し、実景は頬が熱くなるのをおぼえる。

「修一さんの愛のこもったペペロンチーノ、すごく旨かった」

うつむいて呟くと、藍川は、

「愛がこもってるからね」

上目に見ると、熱っぽい眼差しがこちらをじっと、見つめている。

眸《ひとみ》が近づく。

キスは、やっぱりニンニクの味がした。

あとがき

お読み頂きましてありがとうございます。ルチル文庫でははじめましての、榊花月です。

さてあとがき。今回一頁ということで、あまりいろいろは書けないのですが、今日のできごとなどを。

運動不足解消とダイエットを兼ねて、最近スポーツクラブに通っているのですが、今日、スイムキャップを忘れたことに気づき買おうと思ったのです。が、メッシュのが売っていなかったのでやめて、プールはなしでトレーニングも三十分ぐらいで切り上げてきました。と書くとわがままみたいですが、普通のゴムのキャップを破いてしまったことがあるのです、頭がでかすぎて。がーーーーーん。

小説は一人で書くものですが、文字で書いたキャラがビジュアルを得ると、親しみとイメージがふくらみます。というわけで、描いてくださった紺野キタ様、どうもありがとうございます。担当様も、お世話になりました。

感想などありましたらぜひお聞かせ下さい。ミニストーリーをお送りさせて頂きますので、よろしくお願いいたします。

また、どこかでお目にかかれますよう。

✦初出　さよならヘヴン……………………書き下ろし
ONCE A DAY……………書き下ろし

榊花月先生、紺野キタ先生へのお便り、本作品に関するご意見、ご感想などは
〒151-0051 東京都渋谷区千駄ヶ谷4-9-7
幻冬舎コミックス　ルチル文庫「さよならヘヴン」係
メールでお寄せいただく場合は、comics@gentosha.co.jp まで。

RB 幻冬舎ルチル文庫

さよならヘヴン

2006年5月20日　　第1刷発行

✦著者	榊 花月　さかき かづき
✦発行人	伊藤嘉彦
✦発行元	株式会社 幻冬舎コミックス 〒151-0051 東京都渋谷区千駄ヶ谷4-9-7 電話 03(5411)6431[編集]
✦発売元	株式会社 幻冬舎 〒151-0051 東京都渋谷区千駄ヶ谷4-9-7 電話 03(5411)6222[営業] 振替 00120-8-767643
✦印刷・製本所	中央精版印刷株式会社

✦検印廃止

ISBN4-344-80765-0　C0193　Printed in Japan

「幻冬舎ルチル文庫」
同時発売

麻生雪奈
オオカミ的恋愛論
イラスト 神葉理世

子犬の里親になりたいと夏央の店に突然やってきた朔は、夏央より4つ下の20歳。それ以来、朔は夕飯時には毎日のように夏央のカフェを訪れるようになる。朔が気になる夏央だったが、朔も実は何年も前から夏央が好きで……。

540円（本体価格514円）

砂原糖子
真夜中に降る光
イラスト 金ひかる

気を失いかけたホストの金崎新二に声をかけてくれたのは津久井という穏やかな男。強引に津久井とセックスをし、「金のため」と言いつつすっきりしない金崎。体の関係を重ねながら、津久井の自分への眼差しに苛立ち胸が苦しくなる。この感情は——!?

580円（本体価格552円）

榊 花月
さよならヘヴン
イラスト 紺野キタ

18歳の実景はいじめが原因でひきこもりがちに。ある日、実景が心の拠り所にしているアーティストが好きだということで、姉に藍川を紹介される。藍川といる時間が楽しい。そう思い始めた実景は、やがて自分が恋をしているのだと気づき……。

560円（本体価格533円）

きたざわ尋子
恋さえも君との約束
イラスト ほり恵利織

訳あって同居中の向高梓希と神矢弓弦は恋人同士。梓希は、母と父の再婚を機に家族一緒に住もうと言われているが、弓弦のそばにいたい一心でそれを断っていた。しかし、そんな二人にまたもや不思議な出来事が起こり……!?

560円（本体価格533円）

李丘那岐
くちびるに愛の歌
イラスト 亀井高秀

伯父に引き取られた広明は、3つ年下の翔一郎を義弟として可愛がっていた。しかし翔一郎は広明を独占しようと無理矢理体の関係を結ぶ。伯母にばれたことをきっかけに、ニューヨークに逃げてきて3年——広明のもとに翔一郎が現れるが!?

560円（本体価格533円）

雪代鞠絵
全寮制櫻林館学院 ～ゴシック～
イラスト 高星麻子

編入生の春実は、上級生の志貴にケガをさせてしまい、罰として毎朝身支度の手伝いをすることに。志貴は下級生の憧れの的で、何かと構われる春実は目立ってしまう。しかし、春実が秘密の伝統行事「子羊狩り」のターゲットとして狙われ始め!?

560円（本体価格533円）

発行●幻冬舎コミックス　発売●幻冬舎